목양면 방화 사건 전말기

-욥기 43장

이기호

목양면 방화 사건 전말기

-욥기 43장

이기호

소설

PIN
005

차례

PIN

005

목양면 방화 사건 전말기

- 욥기 43장

이기호

1. 백승호(18세, 목양고등학교 2학년)

아, 진짜 제가 불을 낸 게 아니라니깐요! 씨발, 진짜 환장하겠네, 환장하겠어……

아니요, 아저씨한테 한 말이 아니고요, 저 혼잣말이에요, 혼잣말. 제가 답답하니까 그렇죠. 저도 좀 무섭고 그런데 그렇게 막 다그치고 그러시니까…… 아저씨라면 안 그러겠어요? 사람도 여럿 죽고 건물도 깡그리 타고 그랬는데, 그걸 저 보고 그랬다고 하니까…….

글쎄 저는 거기 뒤에서 담배만 피웠다니깐요.

제가 담배를 다 피우기도 전에 거기 건물 지하 환풍기에서 연기가 몽개몽개 올라오는 것을 분명히 봤다구요. 그래서 제가 만진이하고 창수한테 '야, 여기 밑에서 누가 담배 피우냐?' 묻기도 했어요. 그러니까 만진이가 '이 무식한 새끼야, 여기 지하가 교회인 거 모르냐? 교회에서 누가 담배를 피우냐? 저게 이 새끼야, 하나님이야, 하나님. 연기로 변한 하나님' 이래서 서로 낄낄거린 기억이 분명 난다구요. '붕신 새끼야, 하나님이 무슨 전기밥솥이냐, 취사 버튼만 누르면 올라오게?' 그런 말도 했고요…… 그러다가 '어어, 이상하다? 하나님이 어째 좀 과하게 올라오신다?' 창수가 그런 말을 했는데…… 그제야 큰불이 난 걸 알게 된 거라구요.

와, 맞다! 아저씨, 맞네, 맞아!

제가 무의식중에 그랬나 봐요. 그거 봐요, 무슨 불을 낸 사람이 119에 신고를 하고 그래요? 그냥 도망가고 말지……. 네? 아, 그건…… 그냥 뭐 배

터리가 얼마 안 남아서…… 아니, 제가 좀 많이 놀라서…… 그래서 아무 말 못 하고 끊은 거죠. 일단 번호만 눌러도 위치 추적, 뭐 그런 게 된다고 생각해서…….

아, 진짜 미치겠네…… 그런 게 아니라니깐요!

좋아요, 아저씨…… 제가 사실대로 다 말씀드릴게요. 잘 들어보세요.

아저씨가 여기 분이 아니라서 잘 모르시겠지만, 우리 동네라는 곳이요, 이게 자라나는 청소년들에게는 무척 안 좋은, 그러니까 뭐랄까, 일종의 니코틴 같은, 아니 아니, 그냥 몹시 바람직하지 못한 곳이거든요. 청소년이라 하면 모름지기 이런저런 경험도 해보고 많은 사람도 만나고 새로운 것도 자주 접하고, 뭐 그래야 하잖아요? 서울 애들처럼 막 클럽도 가보고, 이태원도 가보고, 외국인 친구도 사귀고, 뭐 그래야 시야가 넓어지잖아요? 근데, 우리 동네 좀 한번 보세요. 이

건 매일 접하는 게 딸기 비닐하우스고, 포도 농장 뿐이에요. 시야가 좁아도 너무 좁은 곳이란 말이에요…… 제가요, 언제 한번은 하루 종일 세본 적이 있었거든요. 내가 하루에 사람을 더 많이 만나나, 닭을 더 많이 만나나…… 압도적으로 닭이 더 많아요. 병아리들을 뺐는데도 그렇다구요. 양계농장도 없는 동네인데……. 제가요, 여기 초등학교 들어갈 때 같은 학년으로 모두 42명이 입학했거든요. 저기 향미리하고 연초리 사는 애들까지 다 우리 초등학교에 입학해서 42명이었어요. 근데 지금 우리 고등학교 2학년에 몇 명 다니는지 아세요? 열네 명이에요, 열네 명. 전쟁이 난 것도 아니고 전염병이 돈 것도 아닌데 열네 명만 남은 거라구요. 그 말인즉슨 무엇이냐? 양식 있는 부모 아래에서 자란 애들은 모두 중학교 입학하기 전에 근처 광역시로 전학을 갔다는 뜻이에요. 저나 만진이나 창수처럼 자식이랑 기르는 닭이랑 별반 차별 대우 안 하는 부모를 둔 애들만 여기 남은 거란 소리죠. 그러니 우리가 여기에서 뭘 하겠어요? 닭은 그래도 병아리라도 자주 태어나잖아요?

그래서 새 얼굴 새 친구도 자주 만나고…… 이건
뭐 무슨 논바닥에 서 있는 왜가리처럼 늘 만나는
놈들만 만나고…… 갈 데도 없어서 늘 같은 곳만
어슬렁거리고…….

농공 단지요?

에이, 왜 그러세요? 이 아저씨가 진짜 우리 동
네 사정을 잘 모르시네…… 그거 들어와서 우리
동네 달라진 거 하나도 없어요. 괜히 애꿎은 산이
나 깎고 공기나 나빠졌지…… 공장이라고 달랑
두 개 들어왔거든요. 나머지는 다 텅텅 비어 있
고…… 사람들이 몇 명 이사 왔다고 하는데, 우
리 또래가 오길 했나, 그렇다고 버스 노선이 새로
생기길 했나. 이름만 농공 단지 그냥 놀고 있
는 단지예요. 그거 때문에 괜히 땅값만 올랐다고,
그거 다 헛것이라고 그러더라구요…… 사실 저
희 아빠도 거기 폐비닐 재활용 공장에 다니거든
요. 우리 엄마 말이 그거 다녀서 버는 돈이나 포
도 농장 일당이나 별반 차이도 없대요. 근데도 우
리 아빠는 거기 출근하는 걸 무슨 대기업 다니는

것으로 착각하고 있어요. 언젠가 한번 우리 아빠가요, 저를 밥상 앞에 앉혀놓고 한다는 말이, 고등학교 졸업하고 거 괜히 빌빌거리면서 놀지 말고 아버지 다니는 공장에 들어와서 착실하게 월급 받으라는 거예요…… 공장장한테도 다 말해놨으니까 동네에서 보면 인사 꼬박꼬박 잘하고 다니라고…… 와, 그러니까 제가 돌아버리겠는 거예요. 한창 자라나는 새싹한테 그게 무슨 그라목손 뚜껑 따는 소리래요? 막 한일합방 같은…… 뭐 그런 거랑 비슷한 거잖아요, 미래가 폐비닐 같은…….

제가 그런 울분 때문에 만진이랑 창수하고 만나면 서로 위로도 하고, 그러다가 좀 더 넓은 세상과 교류도 할 겸 종종 광역시로 버스 타고 나가서 피시방도 가고, 뭐 그랬던 거예요. 만진이나 창수나 집 컴퓨터론 게임도 한 판 제대로 할 수 없거든요. 사양도 안 맞고, 인터넷도 지랄맞게 느리고…… 우리 동네 부모님들은요, 무슨 컴퓨터가 7년근 인삼인 줄 알아요…… 세월이 지나도

14

바꿔주질 않아요…… 그러니까 그날도 광역버스 기다리느라 그 건물 뒤편에 서 있었던 거예요. 그 건물 뒤가 주차장인데 거기에서 보면 항사리 쪽 도로 코너에서 돌아오는 버스를 일찍 볼 수 있으니까, 늘 거기에서 기다렸는데…….

아, 진짜…… 제가 아저씨한테 있는 그대로, 100퍼센트 사실만 말씀드리는 건데요…… 저희가 좀 나쁜 일을 한 건 맞아요…… 그러니까 그게…… 거기 지하가 교회 무슨 교육관이잖아요? 예배는 그 건물 2층에 있는 교회에서 드리고, 지하에선 중고등학교 애들이 따로 예배도 드리고, 성가대 연습도 하고, 밥도 먹고, 뭐 그런 곳이잖아요? 만진이가 그 교회를 중학교 때까지 다녀서 잘 아는데…… 그 건물 뒤편에 보면 거기 지하로 들어가는 작은 문이 하나 있어요. 늘 열려 있는 문인데…… 저는 진짜 그런 마음이 1퍼센트도 없었거든요…… 근데, 만진이가 몇 번 거기에 데리고 들어가서…… 평일엔 아무도 없다고 데리고 들어가서…… 거 왜, 헌금통이라고 있잖아요……

이렇게, 이렇게, 보들보들한 천으로 감싼 둥근 통이오…… 그게 거기 신발장 위에 주르르 늘어서 있는데…… 거기에서 4천 원도 가져 나온 적도 있고, 7천 원도 가져 나온 적도 있고…… 그게 아마 유초등부 헌금통인가 본데…… 천 원짜리 지폐는 얼마 없고, 바닥을 긁어봐야 5백 원짜리 몇 개가 나오는…… 그걸 몇 번 챙겨 온 적이 있었어요…… 지금까지 다 합쳐서 2만 원도 안 될 거예요, 아마…….

아니에요, 그날은…… 그날은 진짜 아무것도 안 건드리고 그대로 나왔어요. 작은 문을 열고 들어갔는데 구석방에서 사람 목소리가 들려와서…… 식겁해서 다시 살금살금 눈치 못 채게 만진이랑 창수랑 같이 돌아 나왔다구요…… 정말이에요. 그리고 담배 피우다가 불이 나는 바람에…… 건물 건너편으로 도망쳐서 불나는 걸 본 거예요. 목양슈퍼 아줌마랑 같이…….

그게…… 그건 잘 모르겠는데요…… 그냥 남

16

자 목소리 같았어요. 울면서 말하는 소리 같기도 하고, 누굴 혼내는 소리 같기도 하고…… 뭔가를 쿵 내리치는 소리도 들었던 것 같은데…… 아이, 잘 모르겠어요. 그걸 제가 어떻게 기억해요? 그 뒤에 막 불나고 유리창 깨지고, 사람들 비명 들리고, 정신이 하나도 없었는데…… 창수는 다리를 하도 바들바들 떨어서 제대로 걷지도 못하더라구요…… 나중에, 불 다 꺼지고 만진이랑 창수랑 같이 우리 집에 왔거든요. 피시방도 못 가고, 다른데 갈 곳도 없어서 그냥 제 방으로 왔는데…… 애들도, 저도, 아무 말도 안 하고 가만히 앉아 있기만 했어요. 앰뷸런스가 몇 대 오고, 사람들 들것에 실려 나오고, 어른들이 막 비명도 지르고 울고, 그런 것까지 우리가 다 보고 왔거든요…… 그걸 볼 땐 아무렇지도 않았는데…… 근데 냄새가…… 냄새가 계속 나는 거 같더라구요…… 맵고, 비리고, 좀 꼬릿꼬릿한 냄새가…… 그 냄새가 만진이한테도, 창수한테도, 제 머리에도 배어서…… 방에 가만히 앉아 있는데도 눈이 다 매워지더라구요…… 그걸 참으면서 앉아 있으니까 그때야 좀 무서워지더라구요. 애들은 어땠는지 몰라도, 저는 그렇더라구요. 그래서 아무 말도 안하고…….

누가요? 만진이가요? 진짜 그 새끼가 그렇게 말했어요? 정말요? 와, 진짜 폐비닐 같은 새끼네…… 뭘 제가 먼저 거기에 내려가자고 꼬셔요, 꼬시길? 저는 그 교회 다녀본 적도 없는데…… 자기가 잘 안다면서, 자기 돈도 없다면서 앞장선 새끼가…… 아, 그 새끼 진짜 같이 못 놀겠네. 어떻게 친구한테 그렇게 누명을 뒤집어씌우지…… 그 새끼 진짜…… 가룟 유다 같은 새끼네…….

2. 최상우(54세, 목양면 119지역대 소방교)

어떻게, 사진 보면서 하나하나 설명해드릴까요?

자, 보시면 알겠지만 목양면 목양리 70번지에 있는 지하 1층 지상 4층짜리 건물입니다. 아, 이 건물 참 근사하게 지어진 건데…… 전면에 유리창도 쫙 대고…… 2008년도에 지어졌고요, 보자, 건물주는 원래 최근직 장로였는데, 몇 년 전에 아예 교회 소유로 등기 이전되었네요. 면적은 지하 1층이 406㎡, 1층이 260㎡, 2층이 263㎡…… 응? 아니지, 아니지. 2층이 243㎡. 이거 내가 노안이 와서…… 3층이 $226\,m^2$, 4층이 $208\,m^2$, 이렇게 되어 있네요. 4층 위로는 옥탑식 출입구가 하나 있는데, 그러니까 건물 정중앙 위에 있는 거예요, 그 출입구에서 이어진 계단이 이렇게 이렇게, 그러니까 그 건물의 가운데로 쭉 이어져 지하까지 내려오는 구조인 거죠. 엘리베이터는 없고요. 우리 동네엔 엘리베이터 있는 건물이 없어요. 어른들도 그거 타면 더 어지럽다고 그러고…… 저기 읍내에 이번에 4층짜리 건물 하나 올리고 있는데, 거기도 엘리베이터 그딴 건 없어요. 뭐 그냥저냥 천천히 올라갔다가 내려오는 거죠…… 보자, 그 계단 말고는 건물 뒤편에서 지하 1층으로 내려가는 외부 계단이 하나 있구요.

지하 1층엔 목양교회 교육관이 있는데, 교육관은 다시 담임목사실과 사무실, 유초등부 예배실, 식당으로 나뉘어 있는 구조예요. 최초 발화 지점이 여기, 여기 이곳 담임목사실과 사무실 사이 벽면입니다. 여기서 난 불길이 천장을 통해서 1층, 2층, 3층, 4층까지 확, 순식간에 번져나간 거예요.

이게 이게, 이게 원래 이렇게 번져나갈 수가 없는 건데…… 거 때마침 교육관 후문이 열려 있었나 봐요. 그러니까 그쪽에서 들어온 공기 때문에, 이게 전문용어로 '굴뚝효과'라고 하는데, 연기와 화염이 가운데 계단을 타고 그냥 4층까지 쭉 내달린 거죠. 거기 문만 닫혀 있었어도…… 아이 참, 어떻게 그때 또 그 문이 열려 있어 가지고…….

네…… 그렇죠…… 계속 보자면…… 건물 1층 좌측에는 분식을 주로 파는 '부르심식당'이 있고…… 아, 배달 전문은 아니고요, 식당 아주머니가 목양교회 집사라서 그렇게 지었다죠. 아마. 여기 오징어덮밥이 괜찮은데…… 괜찮은데 간이 좀 세요. 아주머니가 손이 워낙 커서……. 우측에는 '나주곰탕' 전문점이 있는데, 3개월 전부터 영업을 아예 안 하고 있었어요. 내가 여기 주인도 좀 아는데, 사장이 저쪽 상문리 사람이거든요. 조원효 씨라고, 원래 저쪽 광역시에서 커피 전문점 하다가 내려온 사람인데…… 사람이 좀 게을러요. 이 사람 아버지가 조중구 씨라고 원래 상문리에서 포도 농사를 크게 짓던 분인데, 이 아들 때문에 속깨나 썩었어요. 얌전히 아버지 밑에서 포도 농사나 지었으면 좋았을 텐데…… 술 먹고 운전하다가 교통사고도 크게 두 번 내고, 커피 전문점 차려달라고 해서 알짜배기 포도밭도 팔고, 그러다가 또 그거 다 말아먹고 부동산 사업한다 어쩐다 하더니, 갑자기 여기 내려와서 곰탕집을 연건데…… 사실 우리 같은 시골 마을에 곰탕집을 연다는 게 말이 안 되는 거거든요. 뭐, 외지 사람들 바라보고 낸 거 같은데…… 에휴, 생각이 짧아도 참…… 이건 그냥 가끔 라면 팔고 칼국수 팔고 오징어덮밥 파는 분식집하곤 차원이 다른 거잖아요. 수육도 내고 육수도 계속 끓여야 하는데…… 주방장도 따로 사람을 쓴 모양인데, 한 두어 달 했나? 그 뒤부턴 문 닫고 나오지도 않더라구요. 그래도 그 덕에 불은 피했으니까, 참 사람 팔자…….

2층은 목양교회 주 예배당인데, 한 80석 정도의 좌석이 있고요, 좌석 뒤편엔 간이 벽면을 세운 자모실과 방송실이 따로 있었어요. 제가 여기도 작년 이맘때쯤 소방점검 때문에 다 둘러본 곳인데 별 이상은 없었거든요…… 화재 당시에는 사람은 한 명도 없었지만, 단상과 의자가, 그게 다 나무잖아요? 그래서 이게 불을 더 키운 거예요. 단상 벽면에 나무 십자가가 큰 게 하나 걸려 있었는데, 그게 막 타서 천장까지…… 1층보다 여기서 불이 더 크게 난 건 바로 그거 때문이죠.

그리고 문제의 3층과 4층인데…… 여기가 모두 원룸이거든요. 정확히는 16실 규모의 원룸인데, 여기서 사상자가 가장 많이 나왔어요…… 사망자는 장나순(여자, 81세). 아이고, 나 이 할머니 잘 아는데…… 성구네 할머니라고 본래는 경기도 일산 사는 큰아들 집에서 살다가, 거 며느리하고 사이가 좀 안 좋았나 봐요. 그래서 작년 추석 무렵에 다시 내려와서 혼자 사셨는데, 연세는 여든이 넘으셨어도 얼마나 정정했는지 몰라요. 틀니도 안 한 양반이 사과 같은 것도 통째로 와그작와그작 깨물어 드시고, 허리도 쩡쩡하시고…… 지난번엔 일당 받고 포도 포장 작업도 나오셨더라구요…… 에그 참, 이 할머니가 벌써 가실 분은 아닌데……. 그리고 문구현(남자, 67세). 이 형님 도 제가 좀 아는 분인데, 사람이 술을 좀 많이 마셔서 그렇지, 인간성 하나는 진국이었거든요. 교회도 잘 나가시고, 남의 보증도 잘 서시고, 그저 딱 하나, 술 많이 드시는 거 빼고는 빠지는 게 없는 양반인데…… 술을 그렇게 드시고도 만날 술집에서 '군세어라 하시네' 찬송가 부르고 다신 술 마시지 않겠다고 회개 기도하고, 그러곤 또 다음 날 술 취해서 회개 기도하고 그랬거든요…… 아이 참, 이 형님 불쌍해서 원…….

네? 간단히요? 네, 뭐 그럼…… 그리고 또 사망 자가 마순심(여자, 72세) 씨가 있고, 정수아(여자, 38세), 정민석(남자, 11세)…… 여기 이 정수아 하고 정민석은 모자 관계네요. 이렇게 총 다섯 명 은 현장에서 일산화탄소 흡입으로 인한 질식으로 사망했습니다. 그리고 부상자는, 보자…… 조민봉(남자, 58세). 아, 이 형님은 저쪽 폐비닐 재활용 공장 주임이신데, 목양면 조기축구회 회원이

세요. 사람이 배가 좀 나와서 그렇지 원체 유연하고 빠른 사람이거든요. 마침 비번이어서 원룸에서 쉬다가 복도에 연기가 차오르는 걸 보고……그냥 냅다 방 유리창을 의자로 박살 내고 밖으로 뛰어내렸다는 거 아니에요. 대단하죠? 이 형님이 진짜 젊은 날에 도박에만 빠지지 않았더라도 큰 일 한번 했을 양반인데……. 암튼 그러는 바람에, 보자…… 흉추 11번 압박 골절상과 우측 족부 입방골 골절상을 당했다고 하네요. 그리고 고수종(남자, 29세), 이 사람은 목양교회 전도사고요, 황미순(여자, 59세), 김인구(남자, 29세), 이민종(남자, 48세). 이 네 명은 2주에서 4주의 치료를 요하는 흡입 손상을 입었다고 합니다. 그리고 박연희(여자, 63세) 씨는 4주간의 치료를 요하는 심재성 2도 화염 화상을 입었습니다.

아, 그리고 제일 나중에 발견되었는데요, 지하 1층 교회 교육관에서 목양교회 담임목사인 최요한(남자, 37세) 씨의 사체도 나왔습니다. 이분이 이게 최근직 장로 외아들인데…… 부검을 해봐야

정확한 사인이 나오겠지만…… 뭐 이런 경우는 안 봐도 딱 답이 나오거든요. 전신 3도 화상과 패혈증으로 인한 사망, 그게 맞을 겁니다.

시간이오? 무슨……? 아, 화재 발생 시간이오? 그러니까 그게…… 보자…… 최초 발생 시간은 2017년 9월 19일 16시 42분경으로 추정되고 있습니다. 처음 '부르심식당' 주인 박순애 씨가 지하 계단에서 올라오는 연기를 보고 목양슈퍼 주인 정복심 씨에게 119 신고 전화를 부탁한 게 16시 46분경, 목양면 119지역대에 출동 지령이 떨어진 것이 16시 47분경이었습니다. 같은 위치에서 불상의 휴대전화로 119 종합방제센터에 한 건의 전화가 걸려왔고, 또 보자…… 16시 47분경에도 고수종 씨, 아까 그 다쳤다는 교회 전도사입니다, 이 사람한테도 한 건의 신고 전화가 접수되었습니다. 목양면 119지역대 소속 한 대의 소방차가 현장에 도착한 것은 17시 22분경이었고, 화재가 완전히 진압된 것은 17시 27분경이었습니다.

화재 원인은…… 자, 이것도 사진을 한번 보시죠.

이게, 이게 교회 지하 교육관 사진인데…… 보시면 알겠지만 여기가 교회 사무실이에요. 이 사무실이 소훼 정도가 가장 심합니다. 여기가 사무실 건너편 유초등부 예배실이고, 또 여기가 식당이에요. 이 두 곳은 거의 탄 흔적도 안 보이죠? 한데, 교회 사무실과 담임목사실은 마주한 벽면이나 천장이나 모두 전소됐어요. 벽면에 놓인 소파도 새까맣게 다 타버렸구요…… 여기, 여기가 사무실 벽인데, U 자 형태의 연소 진행 흔적이 확실하게 보이죠? 지금 추정되는 최초 발화지점이 여기인데, 소파에서 처음 시작된 불이 사무실 벽을 타고 천장으로 번져나간 것이 아닌가, 뭐 대체로 그쪽으로 의견이 모아지고 있습니다.

아, 합선이오? 물론 그것도 가능성을 두고 조사했는데…… 이 사진도 한번 보시죠. 이게 담임목사실과 사무실 전기 배선인데, 여기, 여기 이

합선흔 보이시나요? 여기서는 합선이 이루어진 게 분명합니다. 한데, 이것도 한번 보시죠. 이건 교육관 주 출입문 옆에 있는 메인 차단기 위쪽 배선인데, 여기는 그냥 피복이 녹아내리기만 했을 뿐 합선흔이 전혀 발견되지 않았어요. 이게 무얼 뜻하냐면, 담임목사실과 사무실 쪽에서 화재가 먼저 발생해 합선이 일어났고, 차단기 이후에는 합선이 일어나지 않았다는 뜻이죠. 간단하게 말해서 화재가 먼저 일어난 거지, 합선이 먼저가 아니라는 겁니다.

더 조사해봐야겠지만…… 제가 보기엔 인위적인 화재가 맞아요. 전기나 가스에 문제 있는 것도 아니고, 전기장판 과열이나 컴퓨터 모니터 폭발 같은 문제도 없어 보이거든요. 이건 누군가 일부러 소파 위에 불을 냈고, 그 불이 벽면을 타고 천장으로 옮겨붙은 게 확실합니다. 벽면은 우레탄 폼 내장재로 되어 있는데 라이터 같은 것으론 착화되기 어렵지만, 조금 더 큰 화염이 일정 시간 지속적으로 공급될 경우 걷잡을 수 없게 되죠. 그

화염 역할을 한 게 소파일 텐데…… 그런데 무엇으로 소파 위에 불을 붙였는지, 라이터나 담배꽁초 같은 거 말입니다, 그런 발화원은 발견되지 않았습니다. 사무실 서랍에 양초가 몇 개 있었고, 성냥도 있었지만, 그게 소파 주위에 나와 있지는 않았거든요. 석유나 기름 성분이 나온 것도 아니고요.

화재 당시엔 최요한 목사 혼자 지하 1층 교육관에 있었던 것으로 밝혀졌습니다. 15시 20분경 최요한 목사의 아버지인 최근직 장로가 잠시 교육관에 들렀다가 나간 것이 확인되었고요, 이분이 나가고 교회 전도사인 고수종 씨가 15시 37분경까지 교육관 사무실에서 수요예배 준비를 하다가 자신의 숙소인 4층 원룸으로 올라갔다고 합니다. 그러다가 다시 16시 14분경 지하 교육관에 자신의 휴대전화 충전기를 가지러 내려왔는데, 그때까지도 교육관에는 최요한 목사 혼자 남아 있었다고 진술했습니다. 16시 22분경 고수종 씨는 건물 2층 예배당으로 올라갔고, 그곳을 청소한 후 자모실에서 혼자 컵라면을 끓여 먹었다고 합니다. 그리고 다시 숙소로 올라가려고 예배당에서 나오는 순간 처음 계단을 타고 올라오는 연기를 목격했다는 거구요…… 그 외에 지하 1층으로 들어가는 사람을 보았다는 목격자는 아직 나오지 않았습니다.

싸우는 소리요? 아니요. 그런 진술은 나오지 않았는데…… 건물 입주자 중에서도 그런 소리를 들었다는 사람은 없었습니다. 건물 뒤쪽이오? 글쎄요…… 그쪽엔 아무도 없었던 것으로 파악하고 있는데…… 누가 있었대요?

에이, 아니죠, 그건…… 그렇게 말씀하시면 안 되죠…… 그럼요, 그게 최선입니다. 지령받자마자 출동한 건데…… 형사님이 우리 동네를 잘 모르셔서 그러는가 본데…… 여기는 도시에 있는, 그런 소방서들과는 많이 다릅니다. 소방관 혼자 근무하는 1인 지역대예요. 24시간 내내 대기할 수도 없고, 신속하게 출동할 수도 없는 곳입니다. 혼자 방화복 착용하고, 수관 상태 체크하고, 그러고 나서 11킬로미터를 쉬지 않고 달려간 게 그 시간입니다. 그것도 제가 굉장히 손이 빨라서, 그래서 그나마 그 시간에 도착할 수 있었다, 이 말입니다. 뭘 잘 모르시면 그런 말을 하면 안 되죠…….

이거 보세요. 제가 여기서 근무한 지 올해로 딱 3년째예요. 그 전에는 읍내 지역대에서만 정확히 18년을 근무했구요. 소방관 생활 전부를 이 근방에서만 쭉 했다는 뜻이에요. 한데요, 이렇게 큰불이 난 건 이번이 처음이에요. 목양면으로 딱 좁혀서 보면, 화재 신고 들어온 거 자체가 이번이 처음이라구요…… 그럼, 그전에는 주로 무얼 했느냐? 불도 끄지 않으면서 소방관이 왜 월급을 받고 거기에 있었느냐? 이게 중요한 일인데…… 툭까놓고 말하면, 아니 제가 없으면 뇌졸중으로 쓰러진 어르신들을 누가 병원으로 옮깁니까? 국도에서 죽은 고라니는 누가 치우고, 벌집 제거는 누가 하느냐, 이 말이죠. 제가요, 목양교회 불난 그날 오전에 뭐 했는지 아세요? 저쪽 연초리에 사는 박 영감님이라고 계세요. 그분이 예전에 구제역 때문에 키우던 젖소 40마리를 한꺼번에 생매장하고, 그때부터 정신이 오락가락하시는 양반인데…… 그날 새벽부터 전화를 하셨더라구요. 송아지 한 마리가 축사 밖으로 뛰쳐나갔다고, 좀 찾아달라고…… 제가 올해만 그 전화를 여섯 번 받았어요. 그러니, 어째요? 또 그거 찾으러 갔지요. 아니죠…… 있긴 뭐가 있어요? 그 양반 그때부터 소는커녕 개도 한 마리 안 키웠는데…… 그냥 나가서 찾는 시늉을 하는 거예요. 아니, 이놈이 또 어디로 갔나? 진짜로 찾는 것처럼 점박아, 점박아, 소리도 치고…… 그렇게 영감님 말벗도 해드리고, 신세 한탄도 듣고, 그러다가 영감님 지치면 막걸리 한잔 같이 축이고 오는 거예요. 막걸리도 다 제 돈으로 사고…… 그 일을 전부 다 제가 하고 있다, 이 말입니다.

네……? 막걸리요……? 아니, 그냥 목만 축인 거죠, 목만…… 날도 덥고, 없는 송아지를 찾아서 이곳저곳 돌아다니다 보니까…… 아이 참, 이 양반 답답하시네…… 여기는요, 목양면이에요, 목양면. 서울이나 인천이 아니라구요. 여기 사람들은요, 다 막걸리 마시고 경운기 몰고, 막걸리 마시고 트랙터 몬다구요. 막걸리를 안 마시고 이앙기를 몰면요, 그럼 오히려 모가 삐뚤빼뚤해진다니깐요. 그게 목양면이라구요. 뭘 알고 말해야지…….

뭐요? 아니, 이 사람이, 아까부터 진짜 보자 보자 하니까…….

야! 너 몇 살이야!

3. 박순애(64세, 부르심식당 주인)

다 물어보소. 내 시방도 술 취한 것맹키로 눈앞이 빙빙 도는 게 큰 벵이 오려는가 어쩡가 모리겠지만, 내 꾹 참고 말할 테니 다 물어보소.

햇수로 8년이 다 되었어라…… 원측은 저짝 항사리 장터에서 국밥집을 했었지라. 그러다가 우리 장로님이 편의를 봐줘설랑 이짝으로 옮겨 식당을 연 게 폴세 그리되었어라. 김밥도 팔고 라면도 팔고 제육도 팔고 부대찌개도 팔고 오징어무침도 팔고 그라야. 저짝 공장 당기는 애들 때문에 솔찬히 나갈 때도 있고, 해가 저물도록 도둑괭

이 몇 마리만 보이고 손님은 하나 읇는 날도 많지라. 그래도 삼시 세 끼 굶지 않고 여즉껏 살아왔으니 밑진 것도 억울한 것도 없어라. 밥 먹으러 누가 딱 들어서면 그게 우리 아부지다, 우리 어매다, 내 딸내미다, 허는 맴으로 밥을 퍼줬지라. 밥집 하는 사람 팔자가 본디 그랑 걸 어쩝니까. 어려서부터 밥집에서만 일했더니 인자는 아침에 식당에 들어서면 느낌이 팍 오고 그라요. 오늘은 몇 사람이나 오것다, 오늘은 을매나 밥을 해야것다. 그걸 해놓고 우두커니 의자에 앉아 지둘리는 거지라. 몇 명 오지 않을 것을 훤히 암시롱도 어디 갈 수도 읇고 찬거리를 안 해놓을 수도 읇어서 계속 지둘릴 수밖에 읇는 마음, 그렇게 평생 지둘리는 게 밥집 하는 사람 팔자지라.

그날이오? 그날이…… 선상님한텐 쪼까 중요할지 몰라두 시방 내 맴은 그게 아니여라. 불난 시간이 뭐 중하고 누가 거그서 뛰나오고, 그랑 게 이제사 다 먼 소용이 있어라? 다 지나가뿌린 일을…… 그런다고 죽은 사람들이 살아 돌아오갔어라? 다 타고 흩날려뿌린 재가 다시 딱딱하게 굳는다요? 다 부질없는 말이어라. 그냥 애달픈 마음만 남는 게지…….

긍게 우리 하나님이 무정하다 안 하요. 다른 사람도 아닌 우리 맴 좋은 목사님을 그리 빨리 델꾸 가는 경우가 어디 있어라…… 누구 죽음이 더 크고 누구 죽음이 더 모지랄 수 없다는 걸 내 알아도, 또 사람이야 누구나 나면 죽는 것이 이치인 것을 모리지도 않지만서두…… 그라도 순서랑게 있지 않것소? 눈에 붋히는 이가 없는 사람들 먼저 델꾸 가야, 갈 때 됐응게 가는 사람 먼저 불러들여야, 그게 남은 사람 맘 에지롭히지 않는 일 아니것소. 우리 목사님을 저리 델꾸 가뿌리면 남은 신도들은 누가 따독여주고 누가 또 기도해준단 말이어라. 내가 20년 넘게 하루도 빠짐없이 새복닭이 울 때 함께 일어나 기도를 드렸는데, 요 메칠은 기냥 가만히 누워 있기만 했어라. 누워서 말간 우리 목사님 이마만 떠올렸어라. 그랬더니 창자가 똑똑 끊기는 것맹키로 몸이 아팠어라……

시상에…… 그 불길 속에서 또 을매나 뜨거웠을
까나…… 내가 이란디…… 내가 이란디…… 우
리 장로님 맴은…… 그 속은 또 워찌나 끊어질까
나…….

우리 장로님이 누군지 몰라라?

미안하요…… 내가 우리 장로님 생각을 하니까
이리 나도 모리게 눈물이 나요. 눈물이 나는 걸
알면 워치케든 참아볼 텐데, 그게 아니어라. 얼굴
껍닥에 쎄멘을 발라놓은 거맹키로 눈물이 나는지
도 모르게 흐르는 눈물이어라. 우리 장로님 또 워
찌끄나…… 또 죽고자파지면 워찌끄나…… 우리
장로님 울도 안 하고 메칠째 가만히 건물 앞에 나
와 있는 뒷모습을 봉게로…….

우리 장로님은 베드로 같은 분이여라.

본디 젊은 날엔 중학교 선상님을 했지라. 그
땐 교회 집사였는디, 거그서 만난 사모님하고 연

을 맺어 슬하에 아들 둘, 딸 하나를 두었지라. 울 동네 사람들은 다 아는 유명짜한 얘기여라. 중학교 선상 하면서 불쌍헌 넘의 집 학상들 월사금도 대신 내주고 밥도 멕이고 교복도 사 입히고, 그라면서도 거룩한 주일도 빼먹지 않고 지키는, 시상이 다 욝이 살고 힘들어도 지 식구들만 잘 키우고 잘 멕이려는 그런 사램은 아니었어라. 그라면서도 사모님헌티 또 을매나 잘했는지 몰라라. 자석들 챙기고 동네 아덜들도 돌보느라 욕본담서 집에 들어가불면 항상 막내딸도 손수 깨끔하니 썻기고 방베락도 청소하고 이불도 널어주는, 그 시절에 워치코롬 그런 사내가 있을까 싶을 정도로 온 동네 소문이 자자한 존 남편이었다드마요. 그런 아부지 어매 아래에서 자란 자석들이 워찌 자라났겠어라. 셋 다 반듯한 주님의 자석, 금방 똑 따버린 홍옥맹키로 어여쁜 모습으로 자라났지라. 첫째는 주님의 종이 된다고 서울에 있는 신학대학교에 입학해부렀고, 둘째는 산수를 허도 잘혀서 먼 경시대회에 나가 1등도 해부리고 그랬다등마요. 한나 있는 막내 딸자석이야 말해 뭐 하겠어

라. 피아노도 잘 치고, 노래도 잘하는, 가만 보고
만 있어도 경칩 지나 쏟아지는 봄볕맹키로 마음
한구석이 뽈록해지는 그런 딸이었답디다.

그런 안해와 자석들을 우리 장로님이 마흔일
곱 살 때…… 한날한시에 모두 잃어뿔고 말았어
라…… 그해 대학생이 된 첫째랑 그 동무들일랑
온 가족이 다 함께 기차로 경기도 워디에 있는 먼
고아원에 봉사 간다고 나선 길에 그만…… 사고
를 당해버렸지라…… 그 뭐냐, 지름 넣고 당기는
큰 도락꾸…… 잉? 그라요, 유조차…… 그 도락꾸
가 우리 장로님이 탄 기차 옆구리를 느닷없이 들
이받아부렸지 뭐요. 을매나 큰 사고였는지 불길
이 아름드리 미루낭구맹키로 치솟고, 근방에 있
던 집들도 폭격 맞은 것맹키로 폭삭 주저앉아부
리고, 사람들도 수십 명이 그 자리에서 소리 한
번 못 내고 죽어버리고…… 신문에도 크게 나고
텔레비에도 계속 나오고 그랬던 사고인데…… 것
땜에 우리 장로님이 안해랑 자석들일랑 그 자석
의 친구들까정 모두 잃어부렸어라…… 장로님도

온몸에 큰 화상을 입어 뼝원에 의식 읎이 누워 있
었고라…… 우리 장로님이 몇 날 메칠 만에 눈을
떠봉게 모든 게 바람처럼 훅 사라져버리고 저 혼
자 시상에 남겨져버린, 그런 처지가 되어부렸다
는 거 아니오…….

　이거요? 이건 우리 동네 사람이 다 아는 얘기
라고 안 허요. 교회 안 당기소? 내가 식당에 우두
커니 앉아서 맴이 심란허거나 몸이 아플 때마다
우리 장로님 신앙 간증 테이프를 안 들것소? 허
도 많이 들어서 우리 장로님 존 목소리가 가래 끓
는 소리마냥 찍찍 갈라져쌌어도 내가 그 목소리
를 맘으로 듣고 또 맘으로 보고 있지 않갓소. 다
거그서 나오는 이야기여라…….

　그런 말 하지 마씨요. 누가 거그…… 주님의 성
전에 일부러 불을 내뿌리겠소, 불을 내길…… 그
런 경우 읎고 본데 읎는 말은 하지 마소…… 그걸
내 어찌 알겠어라? 다 우리 하나님, 우리 주님이
행허는 일을…… 우리가 알고 잡다고 안달복달

해봤자 소용없고 징헌 맴만 남을 뿐이제……

　우리 장로님도 그 맴으로 콱 죽어부린다고 산을 올랐다고 하등마요. 안해와 자석들 먼저 다 보내부리고, 벵원에서 1년 넘게 화상 치료받고 퇴원하자마자, 살아서 뭐 한다냐, 죽고자픈 맴과 독만 남아서, 진물이 질질 흘러내리는 다리를 찔뚝거리면서, 그러다가 힘 부치면 네 발로 기어가면서 저짝 산 중턱까정 질도 아닌 질을 내가면서 올라갔다 하등만요. 거그서 높다란 낭구에 목을 매고 가불라꼬…… 식구들 뒤따라갈 맴을 먹은 거지라…… 그 맴이 어디 이녁 사람 맴이것소? 무서운 맴도 읎고 먹먹한 맴도 읎었다 하더이다. 기냥 가슴팍에 쪼각난 유리 조각이 얹힌 것맹키로 숨을 쉴 때마다 쓰라립고 사지가 잘려 나가는 기분이 들었다더이다. 엄지손가락만 한 밧줄을 부여잡고 마지막으로다가 하나님께 하고자픈 말을 다 했다그만이라.

　어째 저에게 이러십니까? 제가 아부지 말씀대

로, 규례대로 살지 않은 것이 무엇이어라? 고난 받고 궁핍한 사람들을 단 한 번도 모른 척한 적 없었어라…… 제 자석 사랑하는 만큼 남의 집 자석들도 귀하게 여겼어라…… 한데, 워찌 사랑 많은 주님이 죄 읎는 사람에게 이리 잔인한 고통을 주신다요? 이것이 주님의 사랑이어라?

그리 불경하고 원망 섞인 말을 막 질러쌌고 눈을 부라리며 목을 매려는디, 워매, 그때 낭구 가득한 숲에서 허연 삩이 쏟아져 내리오면서 하나님의 음성이 들려왔다 안 하요…… 으룹지 않은 입으로 교만을 말하는 자 누구냐. 너는 무릎 꿇고 대답할지니라…… 막 그렇게…….

자꾸 그러지 말고 잘 들어보소. 여부터가 진짜 은혜로운 말씸이어라…… 에헤, 긍께 불이 나부린 것 땜시로 하는 야그 아니어라? 우리 장로님 속이 지금 워떤 속일까, 말해주려고 이래 지껄이는 거 아니어라? 워찌 그리도 무정하고 차돌맹키로 매정하소? 뭐여? 시간이 뭐 그리 벨로 읎소?

이미 다 타뿌리고, 다 죽어부렸는디…… 산 목심이나마 살리려 하는 야그 아니요…….

내 워디까징 했소? 잉, 그려…… 그리 하나님을 직접 영접하고 우리 장로님이 눈물을 철철 흘리면서 회개하지 않았것소. 그기 다 깊디깊은 하나님의 뜻이고, 하나님의 예정되심을…… 잠시나마 독헌 생각으로 꽘을 지르고 자기 목심까정 파토 내려 했던 맴을 고쳐먹고 주변이 푸르스름하게 벤할 때까정 기도를 했다는 거 아니어라…… 으심을 앞세웠던 이 죄인을 용서해주시어라. 주님을 향헌 원망을 거두고 다시 주님께 무릎을 꿇겠나이다…… 우리 장로님이 그렇게 기도하고 그 새복 산길을 홀로 뚜벅뚜벅 걸어서 다시 내려왔다는 거 아니어라…… 제대로 기어가지도 못했던 다리가 어느새 말짱해져 뚜벅뚜벅 걷더라, 이 말 아니어라…….

왜 일어선다요? 아직 할 말이 더 많이 남았는디? 그렇게 일어서면 지금까지 지껄여쌌던 내가 뭐가 되어라? 사람 이상허게 맹글지 말고 쪼매만 더 들어보소. 장로님 이야기가 지루해싸면…… 어째? 내 방언 은사 터진 이야기 들려줄까라? 내가 3년 전에 새복 기도를 하다가 갑자기 하나님 음성이 들려서리…….

어디 가소? 에헤이, 이거 진짜 존 이야기인디…… 보소! 보소, 선상님……!

4. 고수종(29세, 목양교회 전도사)

물 좀 마셔도 될까요? 제가 긴장하면 이렇게 땀이 많이 나고 목이 타서…….

네, 아직도 목이 따끔거리고 두통이 오고 그래요…… 그제 병원에서 퇴원했거든요. 별 이상은 없다고 하는데…… 다시 한방병원이라도 가야 할까 봐요. 이게 후유증이 오래간다고 하던데…….

작년 3월부터 목양교회 전도사로 일하고 있습니다. 네, 그렇죠. 작년 1학기부터 모교 신학대학원에 입학했거든요…… 아니에요. 강의는 일주일

에 한 번만, 목요일만 나가도록 수강 신청을 해놔
서…… 다른 날은 모두 교회에 머물면서 일을 보
고 있어요. 사는 곳도 바로 위 4층 원룸이구요, 원
룸 관리도 같이 겸해서 하고 있어요.

뭐, 많은 일을 합니다. 교회 홈페이지도 관리하
구요, 주보나 교회학교 자료 만드는 일도 합니다.
찬양 인도팀 연습도 하고, 주일 아침엔 멀리 사는
신도분들을 위해서 교회 승합차 운행을 하기도
하죠. 목사님 심방 나가실 때도 제가 운전을 하
구요…… 아니요. 설교는 아직 못 하죠. 청년부나
교회학교에선 가끔 하기도 하지만, 그것도 그냥
모여서 성경 공부 함께 하는 정도예요, 뭐. 자주
있는 일도 아니구요…… 교회 청소도 하고, 예배
당 전기 시설이나 음향 시설 손볼 때도 있고……
자랑 같지만 제가 그래도 기타하고 찬양은 좀 하
거든요. 드럼도 좀 치구요. 교회에서 제 별명이
'그룹사운드 고 기사'예요. 딱 그 정도죠, 뭐. 제가
교회에서 맡은 역할이…….

아니요. 별다르게 이상한 점은 없었습니다. 평소와 똑같았어요…… 보통 화요일엔 심방을 나가는 경우를 제외하곤 목사님도 다른 일정을 잡지 않으시거든요. 아, 한 달에 한 번 이 지역 목사님 신학대 동문들과 하는 월례 회의가 있는데, 그날은 그 모임 날도 아니었어요. 보통 그러면 정오쯤 교회에 나오셔서 유튜브에 올린 주일 설교 말씀을 다시 보거나, 독서를 하십니다. 서울에서 목회하는 동기분들에게 전화를 하기도 하고요…… 그날은 오후 한 시쯤 나오셔서 조용히 담임목사실에만 계셨어요. 어디로 전화를 거는 것 같지도 않았고, 인터넷을 하는 것 같지도 않으셨어요. 저는 그냥 묵상하고 공부하시는 걸로 알았습니다.

장로님이오? 아, 예, 맞습니다. 그날 잠깐 들르셨어요. 오후 세 시쯤 오셨던 걸로 기억하는데, 그건 뭐 늘 있는 일이니깐요. 우리 최근직 장로님이 최요한 목사님 아버님인 건 아시죠? 네, 장로님이 자주 나오세요. 다른 일 때문에 그러는 건 아니고요, 그냥 교회 이곳저곳을 둘러보고, 가만

히 찬송가도 듣고, 기도도 하시고, 화분 같은 것
도 돌보고, 그렇게 한 시간 정도 머물다가 돌아가
시곤 합니다. 우리 장로님한테는 그렇게 교회 나
오는 게 운동이고, 산책이거든요.

목사님하고요? 아니요, 그런 소리는 못 들었는
데요…… 목사님하고 우리 장로님 사이는 그렇게
언성을 높이고, 의견 충돌이 일어나고, 뭐 그런
사이가 아니에요. 네, 한 번도 본 적이 없어요. 그
럼요. 목사님이 장로님께 순종하죠. 그만큼 장로
님이 잘해주기도 하시고요.

사실 저도 우리 장로님 덕분에 신학대학교를
졸업할 수 있었거든요…… 네, 장로님이 거의 다
도와주셨어요. 지금도 그렇구요…… 제가 홀어
머니 아래에서 자랐거든요. 어머니는 교인이 아
니셨는데…… 제가 고등학교 2학년 때 어머니
가 크게 앓으셨던 적이 있었어요. 위암 2기였는
데…… 그때 제가 방황을 좀 많이 했어요. 어머
니는 암 때문에 입원했는데, 도와줄 친척은 하나

도 없고, 돈도 없고…… 돈을 벌어보겠다는 마음
으로 학교 끝나면 바로 읍내 치킨집 알바를 하기
도 했는데, 일주일 만에 그만두고 말았어요. 일주
일 해보고 나니까 딱 답이 나오더라구요. 이건 내
가 아무리 치킨을 많이 배달하고, 그릇을 닦고 해
봤자 별 티도 나지 않는 일이구나, 불가능한 일이
구나…… 그런 생각이 드니까 무력해지고 허무해
지고 그러더라구요. 그래서 어느 날인가, 치킨 배
달하다가 말고, 거기가 우리 집하고 가까운 곳이
었는데…… 그냥 그 치킨을 가지고 우리 집으로
들어가버렸어요. 그리고 그때부터 방에 틀어박혀
서 밖으로 나오지 않았어요. 병원에도 안 가고 그
랬어요. 배가 고프면 라면 같은 걸 끓여 먹고, 학
교도 안 가고, TV 같은 것도 안 보고, 가만히 누워
만 있었죠. 병원을 가야 한다고 마음먹고 세수를
하고 머리를 감았는데, 그게 다 상상일 뿐이었어
요. 실제론 그냥 계속 이불을 덮고 누워 있는 제
가 보이는 거예요. 어느 순간부턴 병원에 가면 어
머니가 이미 돌아가셨을 것 같은 두려움이 생겼
고…… 그 두려움 때문에 더 밖으로 못 나가겠는

거예요. 자주 잠이 들었는데, 잠에서 깰 때마다 계속 헛된 일이네, 사는 게 헛된 일이네, 그 생각만 했어요. 겨우 고등학생인데도 그런 생각이 머릿속에서 떠나질 않더라구요…….

그런 저를 잡아주신 게 바로 장로님이셨어요. 저희 어머니 수술비도 내주시고, 항암 치료도 받게 해주시고, 저희 집에 찾아와서 계속 기도해주시고 그랬어요. 헛되고 헛되고 헛되니 헛되지 않는 하나님의 일을 하렴. 제가 지금도 그때 장로님이 해주신 말씀을 똑똑히 기억하고 있는데, 결과적으론 그 말씀이 저를 살리신 셈이죠. 2년 전에 저희 어머님이 소천하셨거든요, 그때도 장로님하고 목사님이 장례를 다 맡아서 치러주셨어요…… 그럼요. 저한테는 둘도 없는 은인이시죠. 장로님 아니면 제가 여기 있을 이유도 없는 거구요.

아, 그 말씀도 들으셨구나. 네, 맞아요. 우리 장로님이 그런 끔찍한 일도 겪으셨어요. 그런 일을 겪은 다음에 하나님을 뵙는 은혜를 입으

서서 다시 일어설 수 있었던 거죠. 그럼요, 저도 많이 들었죠. 저처럼 주일학교에 다닌 학생들은 다 잘 아는 얘기예요. 저쪽 오구산 중턱에서 하나님의 음성을 직접 듣고 회개한 후 다시 사신 장로님 이야기…… 우리 장로님이 산에서 내려오신 뒤에 이쪽 목양면에서 포도 농사를 지으셨거든요. 여기 사람들이 죄다 벼농사나 짓고 콩밭이나 일구고 그러던 시절에, 장로님이 이 동네에서 처음으로 포도 농사를 지으신 거예요. 지금이야 우리 동네 포도가 전국적으로 유명해졌지만, 그땐 아무도 우리 동네에서 포도 농사가 잘되리라곤 상상을 못 했던 시절이죠. 그거 때문에 장로님이 많은 부를 이루셨어요. 그럼요, 대단하신 거죠. 그때도 장로님 몸이 온전하지 못했는데…… 제대로 걷지도 못하는 다리로 새벽부터 늦은 밤까지 그 농사를 손수 다 지으신 거예요. 하나님의 축복인 거죠. 참혹한 일을 겪고도 끝내는 하나님께 순종한…… 그 뒤로 장로님이 손 권사님을 만나서 다시 가정을 이루시고, 최요한 목사님도 태어나고…… 장로님도 종종 우리에게 그 말씀을 하셨어요. 하나님께서 더 큰 축복을 내려주신 거라고…… 우리 마을에 처음 예배당을 지은 것도 장로님이셨고, 서울에서 여러 좋은 목사님들을 청빙해 온 것도 장로님이셨어요. 10년 전에 장로님이 지금 교회 건물을 직접 지으셨는데, 그 건물도 얼마 전에 모두 교회 앞으로 봉헌하셨어요. 그리고 거기 원룸에서 나오는 돈으로 저같이 어려운 중고등부 학생들 뒷바라지도 계속하셨고요…….

글쎄요…… 뭐, 그렇게 생각할 수도 있겠죠. 지금 교회 건물을 다 지었을 때가 막 최요한 목사님이 신학대학원에 입학했을 무렵이었으니까요. 목사님에게 교회를 세워주고 싶은 마음도 있으셨겠죠. 그런데, 그게 뭐 잘못된 건 아니잖아요? 어차피 다 하나님 사업을 하는 거고, 교회를 지어서 무슨 이윤을 얻으려고 하셨던 것도 아니고…… 우리 장로님이 올해 여든여섯이신데, 이 건물 말고도 재산이 많으세요. 원래 저쪽 농공 단지 쪽 밭도 다 장로님 거였거든요. 그쪽에서 보상도 많이 받으시고 해서…….

최요한 목사님이오……? 그럼요, 안타깝죠……
저한테는 목사님 이전에 오랫동안 봐온 동네 형
이고, 같은 대학 동문 선배님이었는데…… 최요
한 목사님과 결혼한 사모님도 제 대학교 동아
리 선배님이시거든요…… 이렇게 되리라고는 정
말…… 사실, 아직도 실감이 잘 안 나요. 지금이라
도 전화를 하셔서 '고 전도사, 컴퓨터 좀 봐줘' 할
거 같은데…….

한마디로 말해서 모범생 스타일이셨어요. 목소
리도 조용조용하고, 사람들 앞에 나서는 것도 좋
아하지 않으셨구요. 혼자 성경 공부하거나 음악
듣는 걸 좋아했고, 가끔 컴퓨터로 영화 다운받아
서 보는 거, 그게 유일한 취미셨어요. 아랫사람들
한테 함부로 하지도 않았고, 잔소리도 하는 법 없
었고…… 마음에 들지 않는 일이 있으면 속으로
삼키고 기도하는, 그런 성격이었어요. 저는 목사
님과 비슷한 세대라서 그런지 그런 모습이 깔끔

하고 아무런 불편도 없었는데…… 왜 그런 거 있잖아요? 어른들한테 있는 예전 목회자 이미지 같은 거요…… 자신의 모든 삶을 교회와 신도들에게 헌신하길 바라는…… 그런 면에선 좀 섭섭하고 못 미덥게 여기는 사람들도 있었겠죠…….

사실, 사고 당일에 우리 목사님이 금식 일주일째셨어요…….

네, 소금하고 물만 드시고…… 계속 기도하고 묵상하는…….

심각한 일은 아니었구요…… 지난주 우리 교회 제직회 때 사소한 갈등이 좀 있었거든요…… 우리 교회가 아무리 작은 교회라고 해도 엄연히 중직들이 있고, 중요한 건 다 거기에서 정하거든요. 안수집사님도 계시고, 권사님도 계시고, 교회학교 부장님들도 계시고, 관리부장에, 선교부장까지…… 평상시엔 한 여덟 분 정도 모이셔서 회의를 해요. 네…… 다 우리 교회 초장기 때부터 나오셨던 어른들이죠. 장로님은…… 가끔 회의에 참석하기도 하시는데, 요 근래는 통 나오지 않으셨어요. 아무래도 연세도 있고, 나오시면 목사님이나 다른 중직분들이 말씀을 잘 못 하시니까…….

지난주에 목사님이 다른 중직분한테 조금 쓴소리를 들으셨어요.

우리 교회 선교부장님이…… 이분이 원래 좀 괄괄하고 앞뒤 가리지 않고 말씀 먼저 하고 보시는 분인데…… 회의 중에 불쑥 저쪽 농공 단지 이야기를 꺼내신 거예요. 거기 폐비닐 재활용 공장하고 한과 공장이 있잖아요. 그 한과 공장이 작년부터 주문량이 좀 늘어서 사람도 새로 많이 뽑고, 그래서 읍내에서 그쪽으로 출퇴근하는 사람이 많이 늘었다나 봐요. 우리 동네에도 그거 때문에 새로 이사 온 사람이 몇 명 있는데…… 선교부장님이 한 3주 전부터 거기 정문 앞에 천막을 치고 퇴근 시간에 맞춰 주보도 나눠주고 물티슈도 건네

주고 하면서 전도 활동을 했어요. 선교부장님하고 몇몇 집사님들이 돌아가면서 천막을 지키셨는데…… 목사님한테도 좀 적극적으로 나서야 하는 게 아니냐고, 평일에 다른 일 없으면 나와 계셔야하는 게 아니냐고, 다른 것도 아니고 새 신자 배가 운동인데, 하면서 목소리를 높인 거예요……. 사실, 우리 목사님이 거길 안 나간 게 아니거든요. 제가 모시고 두 번 정도 갔었는데…… 최요한 목사님이 그런 걸 잘 못해요. 처음 보는 사람에게 웃으면서 먼저 다가서거나, 살갑게 이런저런 말을 붙이고 하는 걸 굉장히 쑥스럽게 여기세요……. 그렇죠, 목사라는 직업을 생각하면 결격 사유죠. 그런데, 그게 목사님 성격인 걸 어쩌겠어요. 목사님 스스로도 그걸 굉장히 불편하게 여기면서도 딱히 고치려고 노력하는 것 같진 않았고…… 그 앞에 가서도 가만히 천막 아래에서 음료수 두 잔만 마시고 있다가 자리를 뜨셨죠…… 그걸 갖고 선교부장님이 다른 중직들 앞에서 뭐라고 하신 거예요.

보통 다른 때 같았으면 신자들에게서 그런 불만이 나와도 묵묵히 듣고만 계시는 분인데…… 그날은 좀 달랐어요. 목사님이 조용히 한마디 하신 거예요.

"그건 선교부장님 일 아니십니까? 제가 하자고 나선 일도 아니고……."

목사님이 그렇게 말씀하시자 순간, 다른 중직 분들도 한동안 아무 말 못 하고 가만히 서로의 얼굴만 바라봤어요. 선교부장님은 말할 것도 없구요…… 선교부장님은 재작년에 환갑을 맞은 분인데, 30년 넘게 직업군인으로만 근무하다가 은퇴하신 분이거든요. 그러니까 우리 목사님을 어린 시절부터 봐온 분인데…… 이분이 좀 당황하셨나 봐요. 지금이야 엄연히 교회 담임목사와 집사 관계라고 하지만, 우리 면처럼 작은 동네에선 그거 이전에 보이지 않게 존재하는 질서 같은 게 있잖아요…… 어느 땐 그게 다른 무엇보다도 더 우선인데…… 그러니까 당황해서 말을 못 하다가 이내 더 언성이 높아진 거예요.

"목사가……! 그게 할 말입니까, 그게 할 말이야!"

다른 중직분들이 선교부장님을 말리고 그러
다가 자기들끼리 서로 목소리가 커지고, 그런데
도 목사님은 묵묵히 그 자리를 지키고 앉아 계시
고…… 조금 정신없이 회의가 끝나버렸어요.

그리고, 그날 저녁에 장로님이 교회로 나오셨
어요.

"목사님."

장로님은 부자지간이었지만, 꼬박꼬박 목사님
에게 존칭을 썼거든요. 담임목사실 소파에 앉아
조용히 이야기를 꺼내셨어요.

"목사님, 교인들과 목사가 다른 게 무엇이 있습
니까?"

목사님은 그 앞에서 아무런 말씀도 하지 못하
셨어요.

"목사님과 우리 고 전도사가 다른 거는 또 무엇
이 있습니까?"

장로님은 목사님 바로 옆에 서 있던 저도 한 번
바라본 뒤에 계속 말씀을 이으셨죠.

"교인이나 전도사나 목사나 다 같이 기도하고

성경 공부하고 신앙생활 하는데, 서로 다른 것은 무엇인가요?"

저는 장로님의 질문에 답을 잘 못 하겠더라구요. 그건 목사님도 마찬가지였구요.

"목사님께는 축복권이라는 게 있지 않습니까? 전도사나 일반 다른 교인들에게는 없는 하나님께서 주신 권한…… 그래서 예배가 끝날 때마다 목사님께서 두 손 들어 교인들을 축복해주시는 거 아닌가요? 하늘의 문을 열어 하나님 대신 교인들의 복과 생명을 빌어주는 거……."

장로님은 잠깐 말없이 목사님의 얼굴을 바라보다가 이내 또 그 인자한 목소리로 물으셨어요.

"선교부장 그 친구가 왜 목사님께 그랬다고 생각하십니까?"

"제 행동이 못마땅하셨던 모양입니다."

"아니죠. 그게 단순히 행동 문제만은 아니죠. 목사가 꼭 그렇게 전도 활동에 빠짐없이 나갈 필요는 없습니다."

장로님은 두 눈을 감고 잠깐 속으로 기도를 올리시는 것 같았어요. 목사님은 숙제를 안 해 온

초등학생처럼 고개를 푹 숙이고 앉아 있었고요.

"그 친군 목사님의 축복권을 우습게 본 겁니다. 목사님이나 자기나 똑같은 존재라고 본 거예요. 목사님이 하나님의 음성을 직접 듣는 사람이라고 여기지 않은 것입니다."

목사님은 그때부터 조금씩 울기 시작했어요.

"금식하면서 하나님께 응답을 구해보세요. 성령의 부르심과 권한을 제대로 행하고 있는가, 하나님께 간구해보세요."

장로님은 그렇게 말씀하시면서 목사님의 등을 토닥거려주셨어요.

그날, 목사님이 화재 현장에서 제대로 빠져나오지 못한 이유는…… 아마도 금식 탓이 클 거예요. 장로님 말씀대로 목사님은 그날부터 계속 금식하면서 기도했으니까요. 밤늦게까지 교회에 머무르는 날도 많았고…… 주일예배 설교할 때도 보니까 얼굴이 거무튀튀하고 목소리에 힘이 하나도 없는 게…… 좀 조마조마했거든요. 저러다가 쓰러지고 말지, 저러다가 큰 병 나고 말지…… 제

가 그만두시라고 말씀드리려고 했는데…… 그 와
중에 화재가 나버린 거예요…….

방화요? 에이, 어디요…… 그건 아닐 거예요,
아마…… 합선이 맞을 거예요. 담임목사실 소파
뒤에 어댑터가 많이 꽂혀 있었거든요…… 그게
늘 위험해 보이긴 했어요. 컴퓨터가 오래되어서
팬이 돌아갈 때마다 소리도 많이 났는데…… 그
것도 좀 의심스럽구요. 거기다가 목사님이 스피
커 선도 그쪽에다가 꽂아두셨어요. 제가 한번 정
리해드린다, 드린다, 생각하고 있었는데…… 방
화는 말도 안 되죠. 우리 교회엔 그럴 만한 이유
가 아무것도 없거든요. 재정적으로도 분란이 일
어난 적이 없었고, 무슨 원한을 가진 사람도 없어
요. 목사님을 못마땅하게 생각하시는 어르신들이
있을지 몰라도. 에이, 그래도 어디요…… 그분들
모두 장로님께 신세를 졌고, 순종하는 분들인데
요…….

목사님이오? 목사님이 스스로 불을요? 에이,

그건 더 불가능한 말씀이시구요. 어떻게 하나님의 제자가 그런 일을 해요, 그건 성경적이지 못한 일이에요…… 아니요, 아니요, 형사님. 그 말씀은 예수님이 자살을 했다는 말씀이나 똑같은 거예요. 우린 모두 예수님을 닮으려고 노력하는 사람들인데…… 그럼요, 절대 그런 일은 있을 수가 없지요.

네…… 당분간은 정 권사님이라고, 그 집에서 신세를 지기로 했어요…… 달리 갈 데도 없고요…… 모르겠어요. 저도 기도하면서 생각해보려구요.

다 하나님께서 응답해주시겠죠…….

5. 서수민(36세, 우리쌀전통한과 직원)

모범생 스타일 같은 소리 하고 자빠졌네.

누가 모범생이래요? 모범생이 뭐? 모범적으로 껄떡거리는 놈들을 모범생이라는 거예요? 에휴, 씨발. 내가 웬만해선 죽은 사람 욕 안 하려고 했는데…… 좆도 씨발, 우리 언니도 죽고, 조카도 죽은 마당에…… 내가 거리낄 게 뭐가 있다고…….

내가 지금 진정하게 생겼어요? 피붙이보다 더 가까운 우리 언니가 저렇게 됐는데…… 내가 진짜 분하고 억울해서…… 어우, 나 정말 미치겠네…… 돌아버리겠네…….

처음부터 여기로 이사 오는 게 아니었는데…… 바보같이…….

1년 조금 못 됐어요. 언니가 이쪽으로 내려와서 살자고 해서…… 아니요, 아는 사람도 한 명 없었어요, 그래서 온 거예요. 아르바이트 사이트보다가 여기 한과 공장에서 사람 뽑는 거 보고 식당이나 마트보다는 월급이 나은 거 같아서…… 민석이한테도 시골이 더 나을 거 같아서요. 네, 언니하고 민석이가 407호, 제가 408호에 살았어요. 밥도 늘 같이 해 먹었고, 잠도 거의 같이 잤어요. 짐만 그냥 제 방에 넣어둔 거예요.

아침 아홉 시까지 출근하고 저녁 일곱 시에 퇴근인데, 요즈음은 추석 물량 맞추려고 늘 잔업해요. 밤 열 시에 끝나고, 토요일 일요일도 저녁 일곱 시까지 일해요. 아니요…… 수아 언니는 원래 출퇴근하던 그 시간 그대로 하구요. 민석이 때문에 공장장이 빼줬어요. 토요일도 오전만 일하구요. 그날도…… 민석이 때문에 어렵게 하루 쉰 건데…….

그런 것까지 다 얘기해야 해요?

원래는 충남 당진에서 살았어요. 거기 당진경찰서 부근에 투룸을 얻어서…… 언니는 그쪽 문예회관 근처에 있는 아이스크림 가게에서 일했고, 저는 대형마트 푸드 코트에서 일했어요. 아니요, 그 전에는 시흥시 정왕역 쪽에서 살았고, 그이전에는 인천 계양구에서 살았어요. 적당한 일거리가 있고, 민석이 어린이집이나 유치원 가까운 곳에서 살았어요. 그러다가 민석이 입학할 때쯤 당진으로 간 거예요. 거기가 월세도 쌌고, 경찰서 가까운 곳에 초등학교도 있어서…… 당진에서만 4년 넘게 살았어요.

그 목사가 그런 거라죠? 그 새끼가 불낸 거라

죠? 내가 그 새끼가 무슨 큰 사고 칠 거 같아서 불안 불안했는데…… 지난달에도 언니한테 이사 가자고 했는데…… 씨발, 추석만 지나면 알아보려고 했는데…… 좆같은 새끼…… 죽으려면 지 혼자 뒈질 것이지…….

진정이 안 되니까 이러는 거 아니에요…… 뭘 아직 몰라요? 조사하고 말고 할 게 뭐 있어요? 불이 거기에서부터 난 거라는데…… 어후, 나 진짜 속에서 열불이 뻗쳐서…… 진짜로 막 여기가, 내 가슴이, 막 다 타버릴 거 같다구요!

스물여섯 살에 언니를 만나서 지금까지 쭉 같이 살았어요…… 견본 주택 전시관이라고, 아파트 모델하우스 있잖아요, 거기에서 일하다가 처음 언니를 만난 거예요. 네…… 기획사 끼고 하는 일이에요. 지방으로 내려가서 2, 3개월씩 모텔 생활하면서 출퇴근하고, 분양 완료되면 다시 다른 지방으로 이동하고, 그런 일이었어요. 민석이가 그때 막 돌이 지났을 때였는데, 그래서 다른 애들이 아무도 언니하고 같은 방을 쓰려고 하지 않았어요. 낮에는 어린이집에 맡기고, 밤에는 다시 모텔 방에서 같이 잤거든요. 기획사에서 잡아준 게 2인 1실이라서…… 저는 뭐 한번 잠들면 웬만해선 안 깨니까…… 아무 문제 없어서 언니랑 같은 방을 썼구요. 그때부터 언니랑도 민석이랑도 친해졌어요.

애 아빠가 뭐요? 그게 왜 궁금한데요? 애 아빠가 있든 없든, 그게 무슨 상관이라구요? 왜요? 애 아빠가 없어서 우리 언니하고 민석이가 저렇게 된 거 같아요? 애 아빠가 있었으면 살았구요? 씨발, 애 아빠, 애 아빠, 좆도 아닌 애 아빠…….

민감한 게 아니구요, 네. 그게 사실이니깐요. 어딜 가나 그게 문제죠…… 몰라요, 나도 잘…… 한 번도 물어본 적 없고, 언니도 자세하게 말해준 적 없었어요…… 그게 궁금하거나 필요한 것도 아니었으니까요. 민석이 아빠라는 사람과 만나거나 연락하는 걸 본 적도 없었어요. 민석이 성도 언니

성을 그대로 딴 거니까…… 우리끼린 아무 문제
없이 잘 지냈는데…… 그거 알아요? 애들은요, 아
빠가 없어서 문제가 생기는 게 아니구요, 문제가
생긴 다음부터 아빠가 없다는 걸 알게 된다구요.
그게 어떤 차이인지 잘 모르시죠? 하여간 좆같은
세상이란 뜻이에요.

우리 언니가요…… 어우, 씨발 내가 자꾸 이러
면 안 되는데…… 후, 잠깐만요…….

우리 언니가요, 이사할 때마다 제일 먼저 찾아
가는 곳이 교회예요. 그 동네 교회라구요. 전, 안
그러는데, 내가 그러지 말라고 했는데도…… 시
흥에서도 그랬고, 인천에서도 그랬고, 당진에서
도 그랬어요. 처음엔 언니가 뭐 대단한 신앙심이
있어서 그러는지 알았는데, 그게 아니었어요……
우리 언니가 술도 좀 하고 담배도 좀 피우거든요.
맥주 두 캔 정도는 마셔야 잠이 들고, 민석이 잠
들면 저하고 옥상에 올라가서 담배도 두 대 정도
피우고 내려오곤 했어요. 한데요, 우리 언니가요,

토요일부턴 그런 걸 일절 안 해요. 왜냐, 교회에 가야 하니깐요. 냄새 배면 안 되니깐요…… 말하자면 일요일만 신자가 되는 건데…… 그게 다 민석이 때문이었어요. 언니가 언제 한번 나한테 그러더라구요. 내가 가족이 있냐, 멀쩡한 남편이 있냐, 변변한 직장이 있냐, 맨 처음엔 내가 잘못되면 우리 민석이 맡아줄 사람이 있을 거 같아서 나간 거고, 나중엔, 그러니까 너랑 같이 살고 난 뒤부터는…… 거기 나가면 그래도 민석이 친구도 생기고, 엄마 신앙심만으로도 애 대접이 달라지니까, 그래서 나간 거지…… 실제로 그러기도 했어요. 민석이 친구들은 죄다 교회 친구밖에 없었으니깐요. 그래서 여기로 이사 오자마자 그 교회도 열심히 나간 거구요…….

아니요, 눈에 띄는 짓은 안 했죠. 그래서 그 목사 새끼가 더 가증스럽다는 거예요. 눈에 띄게 따라다니거나 밤늦게 따로 연락을 해오거나 불쑥불쑥 스킨십을 시도한다거나, 이러면 차라리 항의하고 신고할 수 있어서 좋잖아요? 그런 건 아주

명백하고 빼도 박도 못하니깐요. 한데, 이 새끼는 그런 건 하나도 없었어요. 겉보기엔 아주 멀쩡하고 조용조용하고, 예의 바르게 보였죠. 그래서 사람을 더 바싹바싹 마르게 한 거예요.

구체적으로요……?

내가 지금 그런 거까지 말할 정신으로 보여요?

예를 들면 이런 거예요…… 그 목사란 인간이 일요일 예배 끝나고 나면 오후엔 따로 제자훈련반이란 걸 했거든요. 몇몇 사람들이 목사실에 모여서 6개월 과정으로 성경 공부를 하는 거예요. 그래 봤자 이 동네에서 그런 거 할 만한 사람이 몇 명이나 되겠어요? 언니도 목사가 들어오라고 해서 끼게 되었는데, 언니가 그중 제일 막내였다나 봐요…… 언니야 그냥 방에서 쉬고 싶은 마음이었죠. 낮잠도 자고 싶고, 가만히 누워서 드라마 같은 것도 보고 싶고 그랬죠. 한데도 목사 그 새끼가 계속 나오라고 하니까, 어쩔 수 없이 눈치 보면서 들어가게 된 거예요…… 한데, 그걸 한 2, 3주 하더니, 목사 그 인간 태도가 좀 이상하다고 언니가 계속 말하는 거예요. 성경 공부가 끝나면 한 명 한 명씩 따로 담임목사와 신앙 상담 같은 것을 한 모양인데, 그때마다 목사가 자꾸 자기 이야기를 꺼낸다는 거예요. 언니한테는 일주일 동안 무슨 일 없었냐고 짧게 묻고…… 자기는 뭐가 힘들었다, 자기는 두 명의 아버지로부터 눈치 보면서 살고 있는 기분이다, 한 명은 하늘에 계시고, 다른 한 명은 이 건물에 와 계신다, 자기는 목사라는 직분이 어울리지 않는 사람이다…… 그런 말들을 계속 주저리주저리 꺼낸다는 거예요. 이게 뭘 뜻하는지 아시겠어요?

푸념은 무슨…… 염병, 한과 공장 다니는 피곤한 애 엄마한테 목사가 왜 푸념을 늘어놔요? 뭐 푸념이 화투장이에요? 목사가 신도한테 화투 치자는 거예요?

다 수작인 거죠, 수작. 딱 보면 몰라요? 나 아프

다, 나 안쓰러운 놈이다, 나 인생이 괴롭고 불쌍한 사람이다, 계속 자기 좀 봐달라고, 자기 좀 어떻게 해달라고 졸라대는 거죠. 아니, 씨발. 목사가 아프고 인생이 괴로우면 하나님한테 부탁을 해야지, 왜 그러지 않아도 삶이 팍팍한 우리 언니한테 신앙 간증을 하냐구요? 씨발, 뭐 우리 언니가 정신과 의사야? 뭐 뭐, 성모 마리아야? 하여간……한국 남자들은 그게 기본 코스라구요. 목사나 아이스크림집 사장이나, 모델하우스 실장이나, 덮치기 직전에 하는 예비 수작들.

뭐가 과도한 추측이에요? 명백한 사실이지.

그거뿐만이 아니었어요. 언젠가 한번은 우리 공장에 박 주임님이라고요, 이분이 진짜 근래 보기 드물게 착한 분인데, 그 박 주임님이 파지 난 한과를 갖다주려고 원룸으로 찾아온 적이 있었어요. 파지라고, 원래 한과라는 게 찹쌀과자 두 번 기름에 튀겨낸 다음에 엿물 들이고 쌀 뻥튀기 가루 입히고 그러는 건데, 그러다가 보면 모양이 좀 망가지는 애들이 생기거든요. 그런 건 진공 포장하기 전에 따로 빼내야 해요. 상품성이 떨어지니깐요. 그렇다고 맛이 이상하거나 빠지거나 하는 애들이 아니에요. 파지만 따로 모아서 팔기도 하니깐요. 공장에서 늦게 끝나면 직원들에게 비닐봉지에 파지를 담아 주기도 하는데…… 다른 사람들은 별로 챙겨 가지 않는데, 언니는 늘 꼬박꼬박 받아 왔어요. 민석이가 그걸 좋아했으니깐요…….

어우, 나 또 왜 이러냐…….

암튼, 박 주임님이 그런 언니를 눈여겨봤는지, 그 파지를 담은 2.5kg짜리 박스 세 개를 들고 찾아온 거예요. 그분이 머리가 좀 벗어지고 배가 나와서 그렇지, 사실 언니하고 몇 살 차이도 나지 않거든요. 어린 나이에 결혼했다가 이혼하고 혼자 중3짜리 딸아이를 키우는 분인데, 그래서 그런지 언니를 많이 이해해줬어요. 이건 나중에 알게 된 건데, 공장장한테 말해서 우리 언니 잔업하고 주말 근무 빼준 것도 박 주임님이었더라구요.

그건 왜 수작이 아니냐구요? 아이 참, 이분도
똑같은 분이네…….

그 차이를 정말 모르겠어요? 자기 이야기 들어
달라고 징징거리는 거하고, 말없이 볼품없는 파
지를 박스에까지 담아서 가져다주는 거하고, 그
차이를 정말 모르겠냐구요? 그게 같아 보여요?
아아, 됐어요…… 모르면 그냥 평생 그렇게 사시
든지…….

그렇게 찾아온 박 주임님을 그냥 보내기 뭐해
서 언니랑 저랑 차도 내오고 과일도 깎고 그러니
까, 또 박 주임님이 민석이 용돈 2만 원 쥐여주면
서 과자 사 먹으라고 내보내고…… 좁은 방에 둘
러앉아 한 30분 이 얘기 저 얘기 하다가 방 밖으
로 나왔는데…… 나와보니까 목사 그 인간이 복
도 한복판에 떡하니 서 있는 거예요. 아무 말도
없이 가만히 문밖으로 나오는 언니랑 박 주임님

을 노려보기만 하면서…… 당연히 놀랐죠. 언니
도 그렇고, 저도 그렇고…… 박 주임님은 이게 뭔
상황인가 어리둥절해하고…… 그러다가 언니가
좀 무안했는지 목사님 웬일이시냐고 물어도 대답
도 안 하고, 계속 몇 초 동안 그 자세로 서 있다가
등을 획 돌려서 계단으로 내려가더라구요. 나 원
참, 기가 막혀서…….

뭐가 걱정이 돼요? 지가 뭔데 남의 집에 오는
손님까지 일일이 확인하고 걱정하고 그러냐구
요? 뭐 목사면 그런 거까지 다 알아야 하는 거예
요? 하나님이 뭐 그런 거까지 다 알고 있으라고
시켰대요? 하나님이 뭐 스토커야? 목사가 뭐 독
서실 총무야? 내가 진짜…….

진짜 이상한 건요, 그다음 날부터 언니 핸드폰
으로 이상한 문자와 전화가 계속 걸려오기 시작
했다는 거예요. 네, 바로 그다음 날부터요…… 발
신번호 표시제한으로 새벽 한두 시에 전화가 걸
려와서 받으면 아무 말도 없이 숨소리만 들리다

가 툭 끊기고, 또 한 10분 있다가 다시 걸려오고…… 그런 전화가 거의 매일 반복됐어요. 하지만 그건 전화를 아예 꺼놓고 자면 되니까 별문제가 없었는데…… 정말 더 괴로운 건 문자였어요. 그냥 오는 문자가 아니고, 누군가 언니 핸드폰 번호를 도용해서 인터넷 쇼핑몰 같은 곳에 예약하고 접수하고 그랬던 거예요. 알지도 못하는 뮤지컬 티켓이 접수되었다고, 언제까지 송금하라고 문자가 오질 않나, 자동차 시승 상담이 접수되었다고 오질 않나, 심지어는요, 무슨 사찰에서 템플스테이 상담 신청이 접수되었다고까지 오는 거예요. 그러면 또 그쪽에서 확인 전화까지 오고요…… 무슨 대원사, 상원사, 범어사, 전국 스님이란 스님들은 죄다 전화를 걸어오고…… 물론이죠, 몇 번 번호를 바꿀까 대리점까지도 찾아갔었어요. 한데…… 언니가 마지막엔 늘 못 하더라구요…… 모르겠어요, 저도…… 그게 내가 우리 언니를 답답하게 여기는 모습이기도 한데…… 기다리는 전화가 있었나 보죠, 뭐…….

그 뒤부터 언니가 제자훈련반도 띄엄띄엄 나가다가 아예 안 나가고, 일요일에도 예배만 끝나면 곧장 방으로 돌아오고…… 그 전에는 예배 끝나고 난 뒤에도 교회 식당에 내려가 밥을 차리고 설거지를 하고, 여 선교회인가 뭔가 그거 모임도 하고, 그러다 보면 아주 늦은 오후에나 집에 돌아왔거든요. 한데, 그걸 싹 끊었어요. 언니도 뭔가 찜찜하니까 그랬던 거죠…… 그랬더니 목사 그 인간이 더 쌀쌀맞게 언니를 대하는 거예요. 인사를 해도 아는 척도 안 하고, 뭐 전할 말 있어도 꼭 전도사 통해서만 하고…… 나나 언니나 그게 오히려 더 낫고 아무 불편도 없었는데…… 문제는 이 인간이 어린 민석이한테까지도 그러니까…… 더러워서 진짜…… 무슨 초등부 야유회가 있었나 본데, 거기에도 우리 민석이만 쏙 빼놓고 가고 그랬나 봐요…… 아이 친구들 갈라놓기나 하고, 아이 앞에서 제 엄마 무안하게 인사도 안 받고…… 그때부터 언니도 이사할 마음을 먹은 거예요. 저쪽 향미리 쪽에 새로 작은 빌라가 들어온 게 있어서, 거기 월세 나오기만 기다리고 있었는데……

그러면 바로 이사하려고 했는데…… 그 와중에
불이 난 거예요…….

  아아, 됐구요, 나는요, 이거 꼭 원인을 알아야겠
어요. 누가 죽고 살고 그런 거 상관없이, 왜 이렇
게 됐는지 정확히 알아야겠다구요. 죽은 사람이
그랬다고, 죽었으니까 죄를 물을 수도 없지 않느
냐고, 그렇게 뭉갤 생각이 없다구요. 죽으면 뭐?
죽으면 뭐 죄가 사라져요? 죽으면 다른 죄 없는
사람들 다 죽여도 되는 거냐구요? 죄를 물을 사
람이 남아 있지 않아도 정확히 죄를 물을 거라구
요!

  내가 그 새끼 밤마다 주차장에서 어슬렁거릴
때 알아봤어야 했는데…… 결혼해서 아내도 있는
인간이 그 시간까지 그러고 있을 때 알아봤어야
했는데…… 불쌍한 우리 언니만…… 불쌍한 우리
민석이만…….

6. 정복심(57세, 목양슈퍼 주인)

그 집 아이가 그런 게 분명하다니까.

거 왜, 한과 공장 다니면서 혼자 애 키우던 엄마 있잖아? 요번에 둘 다 못 나온…… 그 집 아이 말이야…….

아이 참, 내가 이거 입이 방정이어서…… 하지 말아야 하는 말인데, 이게…….

그냥 그렇다고만 알아둬…… 아니, 내가 슈퍼를 하다 보니까 이런 말 저런 말을 많이 듣게 되잖아. 그냥 아무 말 안 하고 사는데도 자꾸 나한테 와서 이러쿵저러쿵 지껄이는 사람들이 있다구. 우리 슈퍼 앞에 광역버스가 서잖아? 마을 사람들이 광역시 나가려면 죄다 그거 타야 하는데, 그 버스가 어디 제시간에 오고 그러나? 20분도 좋고 30분도 좋고, 전부 늦게 오지. 그러면 그 사람들이 우리 슈퍼에 앉아서 사이다도 마시고 새우깡도 까먹고, 쥐포도 뜯으면서 사는 이야기 하는 거지, 뭐. 그럼 내가 가만히 듣고 있을 수만 있나? 나도 말도 걸어주고, 이야기도 전해주고 보태주고, 그러는 거지, 뭐. 내가 원래 말이 없고 입이 무거운 사람인데…….

이거 내가 진짜 말해선 안 되는데…… 그 집 애가…… 그 전에도 불을 여러 번 냈어. 그럼, 그렇다니까. 올해 정월엔 저쪽 안목골 다리 근처에 있는 논 있잖아? 거기 모아둔 볏짚도 태웠고, 오월인가 유월인가, 아무튼 그맘때쯤엔 교회 주차장에 버리려고 내다 놓은 의자에도 걔가 불을 놓았다는 거야. 학교에서도 그거 때문에 문제가 좀 있었다지, 아마. 우리 슈퍼 뒤에 있는 파란 슬래브 집 있잖아? 거기 사는 창구 엄마가 그러더라구. 그 집 남편이 목양 초등학교 소사야, 소사. 창구 엄마 말이, 걔가 학교 쓰레기장에 모아둔 박스니 플라스틱이니 서류니, 몇 번을 태우다가 걸렸다는 거야. 걔가 글쎄 책가방에 라이터만 여섯 개를 넣고 다녔더래…… 근데 진짜 큰일 낼 뻔했던 건 교회 다니는 유치원 아이가 한 명 있거든, 태성이라고. 걔가 저기 연초리 사는 최 주사 집 막내 손자인데…… 최 주사 말이 나왔으니까 하는 말이지만 이 양반이 원래는 여기 면사무소에서 공무원 하던 양반이었거든. 겉만 보면 이 양반이 반반하고 늘 말쑥해. 항상 양복에 하얀 와이셔츠 다려 입고 다니고 구두도 반짝반짝하고. 그래서 우리는 이 양반이 성격도 그렇게 반반한 줄 알았지 뭐야. 한데 이 양반이 중간에 면사무소를 그만두었거든. 그게 좀 이상하잖아? 다들 다니고 싶어 하는 그 좋은 직장을 제 발로 그만두었다는 게…… 최 주사 여편네 말은 건강이 안 좋아서 어디 요양을 갔다는데…… 이건 진짜 우리 동네 사람들 몇

명만 알고 있는 건데…… 그게 아니고 그때 교도
소에 가 있었다는 거야. 최 주사 이 양반이 낮에는
그렇게 말짱하게 면사무소에 다니고, 밤에는 친구
들하고 트럭 하나 몰고 소를 훔치러 다녔다는 거
야…… 야밤에 몰래 남의 집 축사에 있는 어린 송
아지만 골라서 트럭에 태우고…… 그 돈으로 양
복 사고 구두 사고 그러다가 걸린 거지, 뭐…….

　잉? 그렇지, 그렇지. 그 얘기 하다가 그랬지……
그래 그 집 아이가 최 주사 손자 입고 있는 잠바에
그냥 불을 붙였다는 거 아니야. 그러게 말이야,
입고 있는 옷에 그랬다잖아. 등 뒤에서…… 옆에
애 누나가 있었기에 망정이지 애 하나 잡을 뻔했
다지 뭐야…… 그럼, 교회 사람들이 쉬쉬해서 그
렇지, 다 알아. 애 엄마가 그럴 때마다 쥐 잡듯 단
도리를 했다는데…… 그게 잘 안 고쳐지나봐. 병
이지 뭐, 병. 불내고 가만히 바라보는 병…… 애
아빠도 없다지, 아마…… 한동안 잠잠해서 이젠
안 그러나 싶었는데…….

내가 이건 진짜 아무한테도 말 안 한 건데……
이번에 불나기 전날에도 걔가 사고를 하나 친 거
야. 왜 그 교회 옥상에 가보면 작은 평상이 하나
있거든. 그걸 누가 갖다 놨더라? 원룸 살던 문 씨
가 만들었던가, 교회 청년들이 어디서 주워 왔던
가, 그건 잘 모르겠고…… 암튼 그게 하나 있어서
볕 좋은 날엔 원룸 사람들이 거기 앉아서 바람도
쐬고 여름밤엔 거기서 잠도 자고, 또 교회 청년들
이 빙 둘러앉아서 찬송가도 부르고, 고기도 구워
먹고 그랬는데…… 아, 근데 그 집 애가 거기다
도 불을 붙인 거야. 그게 나무가 두꺼워서 그냥
쉽게 불이 붙진 않고, 무슨 석유나 기름 같은 걸
붓고 라이터를 대야 할 텐데…… 그래서 그런지
다리 아래쪽만 조금 탔다나봐. 불이 잘 안 붙으니
까 신문지 같은 것도 모아서…….

나? 에이, 어딜…… 나도 못 봤지. 여기 사는 사
람들 그런 일 있었는지 아무도 모를걸? 다리만
조금 타다가 말았다니까. 최 목사만 봤나봐, 최
목사만. 나도 저녁에 최 목사가 애 엄마 붙잡고 하

는 얘기를 슬쩍 들었을 뿐이지, 뭐. 최 목사가 그러더라구. 민석이가 또 사고를 쳤네요…… 제가 처음 봐서 망정이지…… 우리 슈퍼 파라솔에 앉아 캔 커피 마시면서 그런 말을 하는 걸 내가 분명히 들었다구. 왜 그날, 사고 난 날 말이야…… 애 엄마랑 애랑 둘 다 집에 있었다잖아. 공장도 학교도 안 가고…… 그게 다 그거 때문인 거야. 애 엄마가 애 잡다가 엄마가 병났겠지, 뭐…… 애 혼자 두기도 겁나고 그랬을 테니까…….

으응? 최 목사가? 최 목사가 왜 불을 내? 에이, 아니야…… 최 목사가 왜 자기 교회에 불을 질러? 그거 다 그 집 애가 그런 거라니까…… 내가 불나기 바로 전에 그 집 애가 지하 계단에서 뛰어 올라오는 걸 다 봤다니까. 그래, 그랬다니까…… 바로 4층 자기 집 원룸으로 올라가더라구. 여기 슈퍼 계산대에 앉아 있으면 거기 계단이 다 보여. 내가 거기 사는 사람들 언제 일어나고, 언제 자는지, 그것도 다 안다니까.

사실 말이 나왔으니까 하는 말이지만 최 목사가 답답하긴 답답했을 거야. 그러니까 그런 오해도 받고 그러지…… 장로님도 장로님이지만, 그 부인은 또 얼마나 깐깐한 서울내기인데…… 그럼, 결혼해서 저기 면사무소 뒤에 장로님 댁 있잖아, 거기 2층에서 살아. 장로님이 1층, 최 목사네 부부가 2층. 결혼한 지 벌써 7, 8년은 넘었는데 아직 아이는 없어…… 최 목사랑 같은 대학교 무슨 교육과를 나왔다는데, 그래서 그런지 여자가 아주 똑똑하긴 똑똑해. 성경도 구절구절 모르는 게 없고, 기도도 잘하고…… 밖으로 나다니지 않고 얌전히 집에만 있는 것 같지만, 또 그건 아니라고 하더라구. 이번에 불난 저 건물도 며느리가 세금이다 뭐다 다 알아보고 교회 앞으로 명의를 돌렸다나봐…… 원룸 보증금이니 월세도 다 며느리 통장으로 들어가고…… 최 목사는 그런 건 아무것도 모르는 사람이지, 뭐.

그럼 뭐 해…… 시골 교회에선 목사 사모님이 설거지도 하고, 교인들 김장할 때마다 품앗이

도 다니고, 관혼상제도 빠뜨리지 않고 제 일처럼
치르고, 그래야 하거든. 저쪽 강천면에 있는 교
회 사모는 치매 걸린 신도 어머니 똥기저귀까지
다 빨아주고 그랬다는데 뭐…… 한데, 최 목사 부
인은 일절 그런 게 없어. 일요일마다 예배 끝나
고 신도들 모두 같이 점심 먹으려면 준비할 게
좀 많아? 예배도 못 들어가고 몇 명은 계속 쌀 안
치고, 나물 무치고, 국 하고 그래야지. 그걸 누가
다 하겠어. 여기 교인들이 다 나 같은 중늙은이인
데, 허리 아픈 할머니들 네댓 명이 그 일을 하는
거지. 예배드리러 왔다가 또 밥만 죽어라고 하는
거야. 쌀뜨물 버리면서 주님, 주님, 아버지, 하면
서. 그럼 목사 사모가 되어서 좀 도우는 시늉이라
도 해야지 않아? 거, 4년 전에 최 목사 어머니가,
손 권사라고 나이는 나보다 세 살 위인 형님인데,
그 양반이 병으로 세상을 떴거든. 췌장암이라든
가 뭐라든가, 항암 치료 받고 좀 좋아지는가 싶더
니 그렇게 갑자기 세상을 떴어…… 그 형님 살아
계실 땐 교회 밥을 혼자 다 준비하셨잖아. 어쩌
다가 식사 준비 도와준 할머니들은 꼭 따로 챙기

고, 고무장갑이니 로션이니 빈손으로 안 돌아가
게 하고…… 그러고도 반찬은 또 얼마나 맛깔났
는지 몰라. 근방에 그게 다 소문이 나서 밥 먹으
러 예배 오는 사람도 많았다구. 나도 몇 번 가서
밥도 얻어먹고, 그게 또 미안해서 예배당에 앉아
있다가 나오고 그랬지 뭐…… 한데, 최 목사 사
모는 그런 게 일절 없어. 그냥 곱게 화장하고 정
장 차려입고 앉아서 오물오물 주는 밥이나 받아
먹고 마는 거지. 그러곤 일찍 집으로 들어가버리
고…… 교회 다니는 할머니들이 몇 번을 우리 집
에 와서 최 목사 부인 욕하는 것을 내가 들었어.
근데 그래 봤자지 뭐. 그 할머니들이 뭐 최 목사
보러 교회 나오나? 다 장로님 때문에 나오는 거
지…… 여기 교회 다니는 사람들은 장로님이 그
렇다고 하면 다 그런 거야. 장로님 신세 한 번 안
진 사람들이 없으니까…… 그러니까 아무리 최
목사 사모 욕을 하고 불만이 있어도 그다음 주에
또 나와서 밥 안치고 설거지하고 그러는 거야. 말
도 더 이상 안 새 나가고…….

지난달엔 최 목사가 그 전도사 청년이랑 우리 슈퍼에 들러서 어디 신도 집에 문병을 간다고 과일하고 음료수를 산 적이 있었거든. 한데, 계산하려고 보니까 최 목사 지갑에 현금이 하나도 없는 거야. 전도사 청년…… 걔는 늘 돈이 없고…… 그러면 카드를 쓰면 되잖아? 최 목사 지갑에 카드가 빤히 꽂혀 있는 걸 내가 봤는데…… 근데, 그걸 못 꺼내더라구. 한참을 둘이 어쩌지, 어쩌지, 하더니 결국엔 최 목사가 누구한테 전화를 걸더라구. 그게 누구겠어? 안 봐도 최 목사 부인이지…… 전화하면서도 아주 쩔쩔매더라구. 누구한테 간다, 뭐 뭐를 샀다, 일일이 다 밝히고…… 아이고, 내가 마음 같아선 그 2만 원 그냥 내주고 싶더라구. 한데, 그럴 수가 있나…… 겨우 허락을 받았는지 카드를 내미는데, 얼굴이 아주 울상이 되어 있더라구. 아홉 살 아이처럼…….

목사든 노가다꾼이든 주머니가 든든해야 걸음걸이도 달라지고 어깨 품도 넓어지는 거지. 내가 슈퍼 문 닫을 때마다 몇 번 교회 앞에서 서성거리는 최 목사를 본 적이 있었거든. 산책을 하는 건지, 뭘 생각하는 건지, 계속 같은 자리에서 서성거리는데…… 에휴, 늘 매가리가 없고, 어깨가 푹 처져 있고 그랬어. 그랬으니…… 사고가 터져도 재빠르게 빠져나오질 못했지…….

내가 최 목사가 아주 어렸을 때부터 쭉 봐왔잖아. 그땐 그냥 요한이라고 불렀지…… 말 없고 착하고 그런 애였어. 장로님 아들이라고, 그것도 어디 보통 아들인가? 장로님이 하나님을 만나고 나서 선물처럼 태어난 아들이라고, 동네 사람들 모두 아끼고 귀여워했지…… 그런 사람이 목사까지 됐으니…… 한데, 그렇게 매가리 없게 변해버렸으니…… 그래서 며느리를 잘 들여야 한다는 거야. 사람 하나 못쓰게 만드는 거 순식간이라니깐…….

응? 최 목사가 애 엄마랑? 정말 최 목사가 애 엄마한테 연애질을 걸었다는 거야? 확실한 게 아니긴 뭘 확실한 게 아니야? 누구한테 분명 들었구만…… 누가 그러는데? 응? 누군데? 아이, 난 이게 최 목사가 애 엄마랑 애 얘기하는 줄 알았는 데…… 그럼 또 그게 아니었네…… 아이구, 이거 참…… 이걸 또 사람들한테 뭐라고 얘기해줘야 하나…….

7. 권미정(34세, 목양교회 담임목사 사모)

아니요, 괜찮습니다…… 오늘이나 내일이나 저에겐 다 똑같을 거 같아요. 그냥 오늘 다 말하고 가겠습니다, 네.

지난주에 화장하고, 오구산 쪽에 가족 납골묘가 있어요. 거기에 안치했습니다. 네…… 친정 식구들하고 대학 동문들이 도와주셨어요. 아버님은 못 나오셨고요…… 네…… 목양교회에선 선교부장님하고, 집사님들 세 분 정도 오셨어요. 납골묘 앞에서 따로 예배도 드렸고요…….

최 목사님하곤…… 죄송합니다. 제가 남편을 목사님이라고 부르는 게 습관이 되어 있어요. 둘이 있을 땐 그렇게 안 불렀는데, 교회라는 곳이 눈에 보이지 않는, 그런 규범들이 꽤 많거든요. 남편을 남편이라고 부른 게 꽤 오래전 일 같아요…… 최 목사님하곤 7년 전에 결혼했어요. 대학 선후배 사이였고요, 처음 만났을 때 최 목사님은 대학원생이었고, 저는 교육학과 3학년에 다니고 있었습니다. 동아리 친구 소개로 만나서 3년 정도 연애하다가, 결혼하고 바로 이곳 목양면으로 내려와서 살았어요. 그때가 최 목사님이 막 목사고시 통과해서 목양교회 부목사로 처음 부임했을 때였거든요. 담임목사 직분은 그로부터 2년 뒤에 받았습니다. 네…… 원래 저희도 그렇게 알고 내려온 게 맞고요.

최 목사님과는…… 남들과 다를 바 없는 부부 사이였습니다. 저는 서울에서 나고 자라 이런 시골 생활은 처음이었거든요. 거기다가 시부모님하고 함께 사는 거라서…… 각오는 했지만, 서울고 어색하고 계속 긴장을 해서…… 처음엔 최 목사님한테 몇 번 울면서 다시 서울로 올라가면 안 되냐고 조르기도 했습니다. 그때가 제가 스물일곱 살 때였어요. 시부모님도, 교회 생활도 다 참을 수 있었는데…… 좀 창피한 이야기지만, 아이스라테 한 잔 마실 데 없다는 것이, 그게 저를 더 힘들고 비참하게 만들더라고요. 심각하진 않았지만 가벼운 우울증도 와서 병원에서 약 처방도 받았고요…… 최 목사님도 저 때문에 진지하게 이사를 고민하셨어요. 서울에 있는 동문 선배들한테 부목사 자리도 계속 알아보고, 미국 신학대 쪽으로 유학도 생각하고…… 네, 맞아요. 복에 겨운 엄살이었죠. 최 목사님 졸업 동기 중엔 작은 시골 교회 부목사 자리도 못 잡은 분들도 많고, 우즈베키스탄이나 인도네시아에서 어렵게 선교 사역하시는 분들도 많았거든요. 그런 분들이 보기엔 한심한 일이었죠…… 그런데, 생각만 그렇게 했을 뿐, 막상 떠나지는 못했어요. 시어머님이 갑자기 췌장암 진단을 받으시는 바람에…… 다른 생각 자체를 할 수 없는 처지가 되었거든요. 시어머니께서 2년 가까이 항암 치료다, 중환자실이다, 기도원이다, 요양병원이다, 계속 옮겨 다니셨어요. 좀 좋아지시는가 싶다가도 갑자기 안 좋아지시고, 좀 안정되는가 싶다가도 며칠 지나서 다시 염증 수치가 높아지고, 그러다 보니 계속 긴장하면서 지낼 수밖에 없었어요. 아버님이나 최 목사님이나 병간호할 여건은 안 되고, 다른 친척분들이 계시는 것도 아니어서…… 제가 혼자 병원 알아보고, 예약하고, 운전하고, 그 일을 다 했습니다. 뭘 모르고 한 일이었죠. 몸이 힘들고 마음이 늘 지치고 그랬는데, 사람이 옆에서 하루가 다르게 안 좋아지는 것이 눈에 보이니까…… 힘들다, 지친다, 그런 걸 느낄 정신도 없었어요. 그냥 하루하루 눈앞에 일어나는 일들을 하나씩 하나씩 해결해나가면서 지냈습니다. 아버님이 몇 번 간병인을 붙여주셨는데, 간병인이 있다고 해서 보호자가 없어도 되는 건 아니거든요. 어머님이 그렇게 2년 넘게 투병 생활하시다가 소천하셨는데…… 지나고 보니까, 그 시간들이 저한텐 도움이 되었어요. 어머님하고도 많은 이야기를 할 수 있었고, 그러면서 여기 생활에 적응할 수도 있었으니까요. 지금은 다시 서울로 올라가라고 하면 그게 더 자신 없고, 두려운 일이 되었어요…….

한데, 최 목사님은…… 좀 달랐어요…… 어머님이 소천하시고, 바로 담임목사 직분 받고, 그러는 와중에 고민이 좀 많아진 거 같았어요. 네…… 남들은 다 모르죠. 저하고만 얘기했던 거니까요…….

그러니까…… 일종의 회의 같은 거였어요…… 사실, 최 목사님이 돌아가신 시어머니하곤 좀 각별한 사이였거든요. 네…… 그건 그렇죠. 세상 모든 어머니와 아들 사이가 다 그렇긴 하죠……. 그런데, 제가 보기에도 좀 특별한 데가 있긴 있었어요. 우리 아버님이, 우리 시아버님이 최근직 장로님이신 거 아시죠? 네…… 우리 아버님이 40대때 큰 사고를 당해서 한꺼번에 자식도 다 잃고, 아내도 잃고, 당신도 한쪽 다리를 제대로 못 쓰게되는 일을 겪으셨거든요…… 아, 네. 그렇죠. 동네분들 중에 그 일을 모르시는 분들은 없으니까요…… 그 일이 있고 난 뒤에 하나님도 직접 영접하고, 우리 시어머님도 만나고, 그래서 최 목사님도 태어나고…… 우리 아버님이 그런 은혜를 받으셨잖아요. 사실, 아버님하고 어머님은 나이 차이가 스무 살 이상 나세요. 최 목사님이 태어났을 때, 아버님은 이미 쉰을 바라보는 나이셨으니까요. 그러다 보니, 최 목사님이 아버님을 좀 어려워했어요. 아버님이 워낙 바쁘고 힘들게 포도 농사도 지으시고, 이런저런 개간 사업과 영농 사업도 하시고, 또 형편이 좀 나아진 뒤부턴 교회 일이다, 마을 일이다, 장학 사업이다, 밖에서 아버님을 찾는 일이 많았거든요. 최 목사님은…… 아주 어렸을 때부터 아버님을 집에서 뵌 적이 별로 없었대요. 교회에서 뵐 때가 제일 많았고, 가끔 마을 행사나 오일장 같은 곳에서 우연히 마주치는 정도였고…… 거의 어머님과 단둘이서 밥을 먹고 기도드리고 잠이 들고 그랬다나 봐요. 아버님을 봬도 아버님보다는 교장 선생님이나 동네 큰 어른을 뵙는 것만 같았다고…… 더구나, 엄청난 일을 겪고 하나님까지 직접 만난 분이라고 하니까…… 어린 마음에 무섭기도 하고, 두렵기도 하고, 이 세상 사람이 아닌 것처럼 느껴지기도 했대요…… 그냥 성경에 나오는 사람 같은…….

그런데, 저희 시아버님도 만나실 생각인가요? 아니요, 가급적 만나지 않으셨으면 해서요…… 아버님이 이번 일로 충격을 좀 많이 받으셨거든요. 식사도 거의 못 하시고, 누워만 계세요. 저희 집 일도 와주시는 허 집사님이라고 계시는데, 그분 손을 잡고 계속 울기만 하신대요. 기도도 드리지 못 하시고…… 제가 해야 하는 일인데…… 저도 사실 계속 집에 들어가지 못했거든요…… 네…… 친정에 있었어요. 전화만 몇 번 드리고…… 지금은 아버님을 만나셔도 별 도움이 안 될 거예요. 어쨌든…… 아버님은…… 지금 또 한 번 아들을 잃으신 거니까요…….

언젠가 시어머니께서 저한테 이런 말씀을 하신적이 있었어요. 아마 소천하시기 몇 달 전이었던 걸로 기억하는데…… 요한이, 불쌍한 아이라고, 한 번도 아버지한테 사랑다운 사랑 받아본 적 없는 아이라고, 네가 따뜻하게 대해주라고, 그렇게 울면서 부탁하셨어요…… 저는 솔직히 그 말씀을 잘 이해하지 못했어요. 제가 보기에 아버님은 그 누구보다도 최 목사님을 존중하고 아끼는 분이셨 거든요. 최 목사님이 대학원에 입학했을 때부터 벌써 교회 건물 신축 계획을 다 세우셨고, 교회 중직들도 미리 다 정해놓으셨더라고요. 오로지 최 목사님을 위해서요. 그 뒤로도 교회 재정이나 허가 같은 문제도 아버님이 다 해결해주셨어요. 집에서도 아버님은 언제나 최 목사님이 먼저였거 든요. 제가 좀 놀란 게, 주일 아침만 되면 우리 아 버님이 최 목사님 구두를 손수 다 닦아주세요. 최 목사님이나 저나 몇 번을 말렸는데도 소용없었어 요. 이게 다 하나님의 말씀을 빛내는 일이잖아요, 내가 좋아서 하는 일입니다. 늘 그렇게 말씀하시 고…… 불과 얼마 전까지만 해도 그 일을 계속하 셨어요. 그런 아버님의 모습만 보았으니까, 어머 님의 말씀이 좀 이해되지 않는 게 당연했죠. 그 냥, 몸이 편찮으시니까, 그러니까 자꾸 아들이 눈 에 밟히시는구나, 어머님한테 최 목사님은 아직

도 그저 어린 자식일 뿐이구나…… 그렇게 생각
하고 말았죠. 우리 어머님이 항암 치료 받는 와중
에도 몸이 좀 괜찮으시다 싶으면 교회에 나가서
주일 점심 식사 준비를 하셨거든요. 네, 그럼요.
최 목사님이나 저나 다 말렸죠. 하지만 소용없었
어요. 가지볶음 만들고, 김치찌개 끓이시고……
저는 그게 다 교회 위하고, 신도들 생각해서 그러
시는 줄 알았는데…… 나중에 보니 그게 아니었
더라고요…… 그게 다 최 목사님이 좋아하는 반
찬들이었고…… 어머님은 최 목사님 밥 차려주고
싶어서 그러셨던 거죠.

네, 지금은 좀…… 어머님 말씀이 무슨 뜻이었
는지 알 수 있을 거 같기도 해요. 네…… 저도 최
목사님이 안쓰럽고 애틋하고…… 잠시만요……
죄송합니다…… 잠시만요…….

달리 보면 아버님에게 최 목사님은…… 그러
니까 세 명이나 되던 자식들을 한꺼번에 다 잃
고…… 그러고 나서 다시 만난 아들인 셈이잖아

요. 사람들은 그게 다 하나님의 은혜라고 생각했고, 또 하나님의 살아 계신 증거라고 믿었죠. 실제로 아버님은 사람들 앞에서 그런 말씀도 많이 하신 거 같아요…… 티끌과 잿더미 위에서 하나님을 원망하다가, 다시 하나님을 만나 회개하고 얻은 선물이라고…… 아버님에게 최 목사님은 그런 존재가 맞았던 거죠. 최 목사님도 자신이 그런 존재라는 것을 아주 어렸을 때부터 깨달았다고 하더라고요. 모르는 사람들도 자기를 만나면 네가 요한이구나, 네가 요한이야, 하면서 아는 척을 했고, 부흥회 같은 것을 하면 강대상 앞으로 불려 나가 거기에 무릎 꿇고 기도 올리고…… 그런 날들이 많았대요…… 최 목사님이 초등학교 2학년 때였던가, 한번은 저쪽 광역시에 있는 큰 교회에 간 적이 있었나 봐요. 그 교회 부흥회 마지막 날, 아버님이 신앙 간증을 하는 자리였는데…… 그때도 어린 최 목사님이 강대상 앞으로 불려 나갔다고 하더라고요. 2층까지 신도들이 꽉 들어찬 큰 예배당이었는데, 그 사람들이 모두 어린 최 목사님을 앞에 두고 찬송가를 부르고 기도를 하더래요. 부흥회 마지막 날이어서 기도도 길어지고 찬송가도 계속 이어지고, 그렇게 부흥회 분위기가 절정에 다다르니까, 그 교회 목사님이 최 목사님을, 어린 최 목사님을 번쩍 들어 올리셨나 봐요. 그리고 그 상태로 방언 기도를 하셨는데…… 아버지, 아버지, 외칠 때마다 자기를 들고 있는 두 손이 부르르, 떨렸는데…… 최 목사님은 그게 그렇게 무서웠다고, 그래서 결국 큰 소리로 엉엉 울고 말았다고, 저에게 몇 번 말한 적이 있었어요. 하나님이 보낸 선물, 고통 속에서도 순종하고 참회한 자에게 내려진 은총, 그게 최 목사님의 다른 이름이었던 거죠. 그러니, 어린 최 목사님에겐 그 모든 이름이 얼마나 큰 부담으로 다가왔겠어요? 누구와 싸워서도 안 됐고, 어려운 친구를 못 본 척해서도 안 됐고, 거짓말을 해서도 안 됐죠. 그리고 다른 누구보다도 신앙심이 더 커야만 했고요…… 한 번도 아버님이 그렇게 하라고 시킨 적은 없었는데…… 그게 저절로, 당연하게, 그렇게 해야만 하는 것으로 생각했대요. 신학대도 당연히 가야 하는 곳으로 생각했고요…… 자기는 하나님이 아버님에게 내려준 선물이었으니까.

네…… 저도 처음엔 그렇게 생각했어요. 그게 아버님의 사랑의 방식이라고, 어쨌든 아버님에겐 보통 의미의 자식이 아니었으니까, 그럴 수도 있다고 믿었어요. 그런데, 어머님이 소천하시고 며칠 뒤였던가, 최 목사님이 저한테 불쑥 이런 말을 하더라고요.

"이제 이 세상에서 나를 요한이로만 보는 사람은 한 명도 남아 있지 않네……."

저는 솔직히 최 목사님의 그 말이 좀 서운했어요. 어머니가 돌아가신 직후라 최 목사님 마음이 많이 힘들다는 건 알아도, 그래도 섭섭한 건 섭섭한 거더라고요. 그럼 같이 살고 있는 나는 누구인가? 어머님 병간호는 누가 다 했는데…… 이래서 세상 모든 남자를 다 어린아이라고 하는 건가?

그런데, 최 목사님이 하고 싶었던 말은 그게 아니었어요.

"당신, 그거 알아요? 아버님은…… 나를 가끔 성한이라고 부르셔."

성한이? 성한이……? 그게 누구지 한참을 생각하다가…… 아버님의 죽은 첫째 아들, 신학대학교 1학년을 다니다가 사고로 죽은 아들…… 그 아들 이름이 최성한이었다는 것을 기억해냈어요. 어머님 장례 치를 때, 오구산 가족 납골묘에서 그분 이름을 본 적이 있었거든요. 그러니까 최 목사님은 어머님 얘기가 아니라, 아버님 얘기를 하고 싶었던 거였죠.

최 목사님은 자꾸 그런 생각을 하셨나 봐요. 목양교회의 담임목사는 누구인가? 나인가, 아버님인가? 신도들은 과연 목사의 설교를 들으러 오는 것일까, 아니면 아버님의 도움을 받으러 오는 것일까? 네…… 저도 그럴 수 있다고 봐요. 담임목사는 분명 최 목사님이었지만, 온전히 최 목사님의 교회가 아닌 건 맞죠. 그걸 예상하고 내려온 것도 맞고요. 하지만 짐작이나 예상보다 최 목사님에겐 그게 더 힘들게 다가왔나 봐요. 교회 중직들도 언제나 시아버님께 먼저 의견을 구했고, 교회 작은 재정 하나 최 목사님 뜻대로 집행할 수 없었으니까요. 최 목사님은 분명 담임목사였지만, 그분들께는 그저 아버님께 내려준 하나님의 은총, 그 이상 이하도 아닌 거였죠…… 그래도 최 목사님이 묵묵히 그런 것들을 다 받아들이고 참아냈는데…… 어머님이 소천하신 뒤부턴 이젠 다른 회의까지 더해진 거였죠. 자기는 최요한인가, 아니면 최성한 대신인가……? 거기까지 의심이 되고…….

네…… 제가 늘 말렸습니다. 저도 때때로 속상하고 교회 중직분들께 따지고 싶은 일들도 많았지만, 단 한 번도 그러지 않았어요. 아버님께도 몇 번 그런 말씀을 드리려고 한 적도 있었어요. 아버님께서 교회 중직들 앞에서 최 목사님 좀 제대로 세워주시면 안 될까요? 아버님 한 말씀이면 다 될 텐데요…… 아니, 더 솔직하게 말하자면 아버님이 교회 일에서 손을 떼주셨으면 좋겠다고 생각했어요. 그냥 예배나 드리는 정도로…… 그러면 모든 일이 해결될 거 같았거든요. 하지만 저는 철저히 제 속마음을 감추려고 노력했어요. 저라도 더 냉정해지고 중심을 잡아서 어떻게든 버텨야 한다고 생각했거든요. 최 목사님이 참지 못하고 목양교회를 떠나면…… 그건 그냥 남들에게만 좋은 일이 될 거 같았어요…… 아버님께도 늘 순종했어요. 다행히 아버님께선 어머님 병간호하고 그러다가 장례 치르는 과정까지 쭉 지켜보면서, 저를 꽤 많이 믿고 의지하게 되셨거든요. 아버님 다른 재산 관리도 하나씩 하나씩 맡기시고, 또 의논할 일이 있으시면 제일 먼저 저를 찾곤 하셨어요. 아버님이 저쪽 광역시 쪽에 상가 건물도 한 채 갖고 계시고, 서울에 작은 아파트도 두 채 갖고 계세요. 은행 예금과 펀드도 꽤 많으시고요. 네, 그렇죠…… 이 시골에선 상상할 수 없을 정도로 많은 재산을 가진 분이시죠. 아버님께서 많은 노력도 하셨지만, 또 그만큼 많은 복을 받은 게 맞기도 하세요. 그 재산을 제가 조금씩 조금씩 관리하기 시작했어요. 세입자들이나 상가 임대인들과의 계약 관계도 제가 도맡아서 했고요, 세금 문제나 이자 문제도 하나하나 배우고 공부하면서 처리해나갔어요. 부동산 시세나 증시도 매일매일

들여다봤고요. 그것만으로도 많은 시간이 필요했죠. 솔직히 재미도 있었어요. 모르던 것을 배운다는 재미도 있었고, 또 아버님 재산이 불어나는 것을 지켜보는 보람도 있었어요. 어쨌든 제가 노력해서 무언가 더 좋아지는구나, 그런 결과들을 눈으로, 숫자로 매일매일 확인할 수 있었으니까요. 그건 눈에 보이지 않는 의미는 아니었죠. 2년 전부턴 아버님이 저한테 교회 재정이나 회계도 맡기기 시작하셨어요.

네…… 물론 그런 것도 있었죠. 더 먼 미래를 위해서 증여나 절세에 대해서도 다 따져보면서 관리한 게 맞아요. 저는 그게 부도덕한 일이라고는 생각하지 않았거든요. 그 생각은 지금도 마찬가지고요. 아버님이나 최 목사님 그리고 제 자신, 모두를 위하는 일이라고 생각했어요. 그게 목양교회 담임목사로서, 최 목사님을 바르게 세우는 방법이라고 믿었죠. 최 목사님은…… 이런 말을 하긴 좀 뭐하지만…… 이자가 뭔지 대출이 뭔지 보증금이 뭔지, 아무것도 모르는 사람이거든요. 평생을 금전적인 어려움 없이 자랐고, 아르바이트를 해본 적도, 세금을 내본 적도 없는 사람이에요. 저라도 나서서 챙기지 않으면, 언제 어느때 가만히 앉아서 모든 것을 잃어버릴지 알 수 없을 만큼, 순진한 사람이었어요. 저는 그런 식으로라도 최 목사님을 지키고 싶었어요. 어쨌든 그분은 목양교회 담임목사이기 이전에 제 남편이기도했으니까요.

알아요…… 몇 번 들었어요. 교회분들이 불만이 많다는 얘기…… 네, 그럴 수밖에 없겠죠. 이전까지는 설렁설렁 넘어가던 교회 지출이 갑자기엄격하게 바뀌니, 당연히 볼멘소리가 나올 수밖에 없었겠죠. 욕하시는 분들이 있다는 것도 알아요…… 하지만, 그분들도 그동안 너무하셨어요. 아무리 교회 재정이라는 것이 이윤이니 손해니, 세속적인 눈으론 따질 수 없는 부분이 많다고 해도, 그래도 자신들 돈 아니라고 그렇게 함부로 쓰면 안 되는 거였어요. 목양교회 한 달 헌금이 얼마나 되는지 아세요? 한 달에 주일헌금, 십일조,

기타 감사헌금 다 포함해서 150만 원이 채 안 돼요. 그런데, 한 달 주일 점심 식사비는 80만 원이 넘게 나오죠. 중직들 회의비는 한 달에 100만 원이 넘고요. 거기에 선교비와 장학위원회 사업, 노회 지출, 관리비까지…… 그런 거 다 포함하면 한 달에 꼬박꼬박 몇백만 원씩 마이너스가 돼요. 그런 걸 지금까지 다 아버님 돈으로 해결한 거예요. 영수증이나 다른 증빙자료 한 번 제출하지 않고, 있으면 그냥 쓰고, 없으면 아버님께 타 쓰고 하는 식으로요…… 그걸 제가 고치려고 했던 거예요. 교회 헌금은 아예 건드리지도 않았고요, 그건 다 전도사님께 맡겼죠. 제가 관리한 건 그저 아버님의 돈이 들어간 부분이었어요. 그걸 좀 합리적으로, 불필요한 지출을 줄이려고 노력했던 거죠. 그래서 우선 최 목사님 목회 활동비부터 관리하기 시작했어요. 심방 나가실 때 드는 지출에서부터 사례비까지, 그걸 정확한 예산 범위 내에서만 쓰게 한 거죠. 그리고 그것도 나중엔 교회 홈페이지에 다 공개했고요. 저는 어쨌든 최 목사님이 먼저 모범을 보여야 한다고 생각했거든요. 그래야 불만이 나와도 저나 최 목사님이나 할 말이 있다고 믿었죠. 아버님께도 그래야 믿음을 드릴 수 있다고 생각했고요.

지금은…… 잘 모르겠어요…… 저는 그 모든 게 다 최 목사님을 위하는 길이라고 생각했는데…… 지금도 그 마음은 변함이 없는데…… 모르겠어요…… 목사님에겐 그게 또 다른 벽으로 다가왔을지도 모른다고…… 그렇게 제 자신을 원망하는 마음이 들기도 해요. 목사님이 밤마다 산책을 나갔던 것도, 담임목사실에 머물면서 밤늦도록 집에 돌아오지 않았던 것도…… 어쩌면 그래서 그런 거 같고…… 그 생각을 하면 최 목사님이 더 불쌍하고…… 안쓰러워요…….

네, 그럼요…… 잘 알 수밖에 없죠. 같이 사는 사람이 어떻게 남편 금식하는 것도 모를 수 있겠어요. 목사 아내는요, 목사가 금식을 하면 같이 금식을 하고, 목사가 철야 기도를 하면 같이 밤을 새우는 사람이에요. 그게 목사 아내의 어쩔 수 없는 운명이죠. 아니요…… 저는 완벽하게 금식을 하진 않았어요. 눈에 보이지 않게, 목사님 없는 곳에서, 조금씩 식사를 했죠. 저까지 금식을 하면 아버님 챙기는 일이나 집안일을 또 누가 할 수 있겠어요? 목사님이 금식을 하는 경우가 이번이 처음도 아니었는데…… 더구나, 그때는 목사님이 계속 불안하고, 이상한 모습을 많이 보여서…… 저라도 정신을 더 차려야 한다고 생각했어요. 목사님은 사고 나기 바로 전날 밤에도 저에게 지나가는 말투로 불쑥 이런 말을 하셨어요.

"아버님이, 아버님이 말이야…… 하나님을 만난 게 먼저일까, 우리 어머님을 만난 게 먼저일까?"

저는 그 말에 아무 말도 없이 물끄러미 최 목사님을 바라보기만 했어요. 최 목사님이 또 무슨 말씀을 하려는지 알 수 없었으니까요.

"우리 어머님을 먼저 만나고, 내가 태어나고…… 그러고 나서 아버님이 신앙 간증을 하기 시작했다면…… 그럼, 도대체 그건 무얼 의미하는 거지?"

최 목사님은 그렇게 계속 혼잣말처럼 중얼거렸어요. 저는 계속 모른 척했고요. 더 이상 듣고 싶지도 않았어요…… 이 사람이 계속 힘들구나, 아직도 계속 어머니 생각을 하고 있구나…… 그 정도로만 걱정하려고 노력했죠. 내가 더 정신 차려서 지켜줘야겠구나, 그 생각도 한 거 같아요. 하지만…… 네, 맞아요…… 저도 좀 지겨웠던 거 같아요…… 어쩌면 이렇게 어린아이 같을까? 어쩌면 이렇게 철이 없을까? 그런 마음도 분명 들었어요. 최 목사님은 그만큼…… 저에게 자주 투정을 부렸으니까요…… 어쩌면 이렇게 한결같을까?

저는 사고라고 믿고 있어요. 다른 사람들이 무슨 말을 했든…… 최 목사님이…… 최 목사님이 그랬다고는 생각하지 않아요…… 합선이든, 다른 어떤 원인이든, 뜻밖의 이유로 불이 났고, 최 목사님은 거기에서 빠져나오지 못하신 거죠…… 최 목사님이 빠져나오지 못한 데에는 다른 많은 이유가 있을 수 있겠지만…… 최 목사님이 자기 손으로 직접 불을 내진 않으셨을 거예요. 그럴 만큼 용기가 있거나, 결단력이 있는 사람이 아니에요…… 그이는요…… 그이는요…… 불이 나면 불을 끌 생각을 못 하고…… 가만히 주저앉을 사람이에요…….

최 목사님도 최 목사님이지만…… 우리 아버님이라도, 우리 아버님만이라도 더 이상 힘들지 않게 해주셨으면 좋겠어요. 제가 이렇게까지 말씀드린 이유도 다 그거 때문이에요. 우리 아버님 너무 불쌍해요…… 우리 아버님은 평생 남들을 위해서 사셨는데…… 불쌍한 사람들을 외면하지 않으셨는데…… 죄 없는 분인데…… 이렇게 또 고통을 받으셔야 한다는 게…… 그게 정말 불쌍해요…… 그게 많이 원망스러워요…….

8. 조원효(43세, 나주곰탕 주인)

　제가요, 이게 비즈니스 때문에 엄청 바쁜 사람이거든요. 오늘도 저기 부산 쪽 사장님들과 미팅이 있었는데, 그거 다 캔슬하고 이쪽으로 온 거예요. 그럼요, 손해가 막심하죠. 그래도 제가, 이게 고향에서 일어난 안 좋은 일인지라, 어디까지나 애향심 차원에서 온 거예요. 제가 여기 읍내에 있는 청년회의소 이사도 맡고 있거든요.

　네, 맞습니다. 그날 오후에 최 사장 전화를 받은 적 있습니다. 아, 최 목사라고 해야 하나요? 제가 이게 버릇이 돼서…… 둘이 있을 땐 그냥 최 사장이라고 불렀거든요. 우리 최 사장도 거기에 대해선 별말 안 했고…… 뭐, 사실 목사도 넓게 보면 사장 아니겠습니까? 이게 다 먹고살려고 하는 일이잖아요. 교회도 신도 수 따라서 권리금도 다르고, 이윤도 다르고…… 뭐, 그냥 커피숍이나 다를 바 없는 거죠. 말이 나왔으니까 하는 말이지만, 거 신도시 같은 곳에 택지 개발하면 누가 가장 먼저 덤벼드는지 아십니까? 목사들이에요, 목사들. 거기 종교부지 분양받으려고, 아주 난리들을 치세요. 거 웬만한 투기꾼들 머리 위에서 노신다니깐요. 기도를 많이 해서 그런가, 감도 좋고…… 그렇게 싸게 분양받아서 몇 년 잘 운영하다가 비싸게 되팔고, 다시 다른 신도시 찾아 떠나고…… 이 양반들이 무슨 모세 같아. 계속 젖과 꿀이 흐르는 땅만 찾아서 떠나고 또 떠나고…… 난 그래서 신학대학교에 무슨 부동산 투자 심화 과정이 있는 줄 알았다니깐요. 하나님께 꼭 분양받을 수 있도록 기도드리는 전문 강의 같은 거 말이에요.

그럼요, 그날뿐만 아니고 지난 몇 달 동안 최 사장, 아니 우리 최 목사하고 자주 통화했습니다. 최 목사가 저한테 종종 전화를 걸어왔거든요. 아니요, 비즈니스 때문이죠. 이게 뭐 다른 이유 있겠습니까? 우리 최 목사가 사람도 선하고, 예의도 바르고, 머리도 똑똑한데…… 다만 한 가지, 이 비즈니스 마인드가 꽝이거든요. 그래서 제가 같은 고향 후배이고, 또 같은 업종에 있는 사람으로서, 이런저런 조언을 많이 해줬죠. 아, 근데 이 사람이 갑자기 이렇게 되는 바람에…… 저도 손해가 막심하다는 거 아닙니까.

　　올해 3월쯤 처음 만났습니다. 제가 이런저런 사업 구상을 하다가, 작년에 우리 목양면하고 붙어 있는 광역시 쪽에 작은 부동산 분양 대행업체를 하나 냈거든요. 신규 상가도 분양하고, 전원주택 단지도 도맡아서 홍보하고, 뭐 그런 사업이죠. 네? 아, 그거요……? 하하하, 그게 참…… 아니요, 제가 그걸 왜 하고 앉아 있습니까? 제가 그렇게 한가한 사람이 아니에요. 그리고 전, 곰탕도 싫어

하거든요. 어디 가도 갈비탕만 먹지…… 곰탕이 이게 끝 맛이 텁텁해서, 원…… 그게 아니라…… 사실, 좀 어쩔 수 없는 일이 있었거든요. 제가 거래하는 사장님 중에 나주곰탕 프랜차이즈 사업을 하시는 분이 있어요. 박 사장님이라고, 이분이 돈이 좀 많아요. 이분이 이번에 광역시 쪽에 10층짜리 상가를 하나 올리시는데, 저희 분양 대행업체도 거기에 입찰 제안서를 낸 거예요. 그 제안서 내기 전에 저도 그쪽 사장님 프랜차이즈 하나 계약해드린 거죠, 기왕이면 월세 싼 곳에…… 그러다 보니 목양면까지 들어온 거고. 이게 뭐 상가 입찰 때문에 개업한 거지, 장사하려고 차린 게 아니에요. 제가 뭐 바봅니까? 어디 이런 시골에 곰탕집을 엽니까? 곰탕이 뭐 농사지어서 나오는 애호박도 아니고…… 애초에 한 3개월 하는 시늉하다가 접으려고 계약한 거였어요.

그거 때문에 최 목사하고도 처음 만나게 된 겁니다, 네…… 그전부터 이름은 알고 있었지만, 보는 건 처음이었죠. 우리가 살아온 길이 이게 워낙 달라서…… 만나고 보니까, 우리 최 사장, 아니 우리 최 목사 문제가 뭔지 바로 알겠더라구요. 비즈니스 마인드는 둘째치고, 이게 업종 선택을 잘못한 거예요. 최 목사 적성에 안 맞는 업종을 억지로 하고 있더라, 이 말씀인 거죠. 원래 목사라는 직업이요, 어쨌든 다 우리 같은 영업직 아니겠습니까? 영업적 마인드가 있어야지 하나님도 팔고, 예수님도 팔고, 신앙심도 팔고, 복도 팔고, 하는 거죠. 네? 뭐 심한 말이에요? 그게 사실이죠…… 자본주의적 마인드로 보면 다 마찬가지예요. 열심히 하나님 믿고 신앙생활 하면 복 받는다, 그게 우리나라 교회에서 하는 말 아니에요? 아니, 뭐 막말로 우리 말 믿고 여기 상가 분양받으면 사장님 큰돈 버시는 거예요, 그 말하고 다른 게 뭐 있습니까? 다 같은 거죠. 제가 우리 영업사원들한테도 늘 그렇게 말한다니까요, 전도하는 마음으로 영업해라, 고객을 네 이웃이라고 생각하며 사랑하고 접대해라. 교회에서도 늘 그렇게 말하잖아요? 다 같은 거죠…… 다 같은 건데, 우리 최 목사가 그걸 잘 못해요. 말하자면 연기력이

없다는 거예요, 연기력…… 신도들 만나면 좀 오
버도 하고, 친하지 않아도 친한 척도 하고, 걱정
한 번 안 했는데도 막 밤새워서 걱정한 얼굴로 만
나고, 그래야 하잖아요? 기도드릴 땐 막 진짜 하
나님이 옆에 와 있는 것처럼 울기도 하고 발도 구
르고, 단상도 내려치고 그래야 하는데…… 우리
최 목사가 그런 게 안 되더라구요. 제가요, 우리
최 목사 무료로 컨설팅해줄 마음으로 목양교회
주일예배도 들어갔거든요. 아, 진짜 심각하더라
구요…… 난 뭐 EBS 방송 틀어놓은 줄 알았다니
깐요. 어쩜 그렇게 목소리 톤이 한결같은지……
이건 뭐 그냥 국어책을 그대로 읽는 거나 다를 바
없더라구요. 찬송가도…… 내가 또 노래를 그렇
게 못 부르는 목사는 처음 봤네. 최 목사가 찬송
가 첫 음을 틀리니까 따라 부르던 사람들도 다 틀
리게 부르고…… 야, 진짜 남아 있는 신도들이 대
단하더라구요. 이 사람들은 진짜 신앙심 때문에
교회 다니는구나, 그런 생각도 들고…… 내가 예
배 끝나고 최 목사한테, 진짜 고향 동생 아끼는
심정으로 솔직하게 말했어요. 다른 일 찾아보는

게 낫지 않겠냐구…… 거, 머리 스타일도 제발 2
대 8 가르마 좀 타지 말라고…….

　그러니까 제가 하나부터 열까지 다 가르쳐야
했다는 거 아닙니까? 우리 최 목사도 그런 생각
을 오래전부터 해왔다고 하더라구요. 교회고 목
사고 다 그만두고 아무도 모르는 곳에 가서 조용
히 살고 싶다고…… 아주 진지하게 얘기하더라
구요. 뭐, 그래서 제가 그랬습니다. 최 사장, 최 사
장 나이가 지금 몇인데 뭘 그런 걸 갖고 고민하
나, 그냥 하고 싶은 대로 하면 되지…… 그러니까
우리 최 사장이 더 불쌍한 얼굴로, 그러고 싶어
도 뭐 가진 게 있어야 나가서 편의점이라도 하
고 살죠, 이러더라구요. 그래서 제가 안쓰러운 마
음으로 조사를 좀 해봤어요. 저는 사실 최 목사
아버님이 우리 지역에선 알아주는 부자라서, 우
리 최 목사 앞으로도 꽤 많은 재산이 되어 있겠거
니 생각했거든요…… 한데, 별거 없더라구요. 교
회 앞으로 되어 있는 목양면 건물 하나하고, 최
사장 어머니가 돌아가시면서 증여한 밭하고 임야

몇백 평, 그게 전부더라구요…… 그것도 최 목사
가 관리하는 게 아니고 전부 다 최 목사 와이프가
손에 쥐고 있고…… 이건 진짜 제 오래된 감으로
말씀드리는 건데…… 우리 최 목사는 와이프한테
도 말하지 않고, 조용히 자기만 뜨고 싶은 생각을
했나 봐요. 아무래도 와이프가 알면 반대할 게 뻔
하고…… 또 모르죠, 저도 모르게 다른 여자가 있
었는지도…… 어쨌든, 그래서 제가, 제 비즈니스
도 너무 바쁜데, 우리 최 목사를 위해서 친절하게
다 가르쳐주었다는 거 아닙니까? 와이프나 아버
님 몰래 자금을 마련하는 방법을…… 우선은 서
류를 떼서 농협을 찾아가라, 건물은 교회 앞으로
되어 있으니까 담임목사인 최 사장 도장이 필요
한 거 아닌가…… 그거 갖고 가서 그 건물을 담보
로 잡고 최대한 대출을 많이 받아라, 어머니가 증
여해준 땅도 팔면 바로 들키기 십상이니, 그 땅도
똑같이 대출을 받으면 된다, 그러면 누가 그 땅에
대한 서류를 떼어보기 전엔 감쪽같다…… 그리고
그 돈으로…… 이번에 저쪽 광역시에 독서실 매
물이 하나 나와 있는데, 그걸 계약하면 된다. 권

리금도 거의 없는, 120석 규모의 독서실이다. 교회랑 비슷한데, 전도 안 해도 되고, 찬송가 안 불러도 된다. 교회 전도사나 독서실 총무나 비슷하니 관리하기도 편하고, 시청각실에 진짜로 EBS 방송만 틀어주면 된다…… 그거 하면서 조용히 책 읽고 산책하고 편하게 살면 된다…….

물론이죠. 우리 최 목사도 다 오케이한 거죠. 그러니까 저도 중간에서 서로 계속 연락해주고, 가격 조정해주고, 그랬던 거죠. 그날요…… 최 목사가 저한테 마지막으로 전화한 그날…… 그날이 최 목사가 농협에 서류 내고 대출받는 날이었어요…… 제가 그날도 남들 눈도 있고 그러니까 농협 마감 직전에 가라고 전화로 코치도 해주고 다 그랬는데…… 이 사람이 받으라는 대출은 안 받고 불을 질렀으니…… 거 참…….

커미션요? 물론 받기로 했죠. 하지만 그것도 최 목사가 아니고, 저쪽, 원래 독서실 사장님한테만 받기로 되어 있었던 거예요. 뭐, 제가 예수님도 아니고, 이걸 마냥 봉사 차원에서 할 수 있는 게 아니지 않습니까? 커미션이라고 그냥 부동산 복비 수준이에요. 그래도 제가 어디까지나 우리 최 목사를 아끼는 심정으로다가……

그나저나 나 궁금한 게 하나 있는데요…… 그 건물, 화재보험에는 가입되어 있다던가요? 이게 우리 나주곰탕집도 피해가 아주 막심한데…….

9. 믿음으로 말미암아 다시 서는 주의 자녀
　—최근직 장로 신앙 간증집 中(경기도
　가평군 대성교회 성령 대부흥회 2일 차,
　2006. 6)

할렐루야! 아멘!

믿음의 대성교회 형제자매 여러분.

방금 전 김진목 목사님께 소개받은 최근직 장로라고 합니다.

제가 우리 김진목 목사님을 만난 지 벌써 40년 가까이 되었는데요, 이분이 평소 꽤 진솔하고 거짓이 없는 목회자인 줄 알았는데, 오늘 보니 그게 아니네요. 뻥이 이만저만 센 게 아닙니다. 나이 들면서 예수님의 지혜를 닮아가는 줄 알았더니,

되레 뺑만 늘은 거 같아서, 이거 참 걱정입니다.
우선 아까 저를 소개하면서 현재 우리나라에서
다섯 손가락 안에 드는 큰 포도 농장을 운영하고
있다고 하셨는데, 그거 다 뺑입니다. 우리나라 포
도 농장이 뭐 그렇게 만만한 곳이 아니에요. 김진
목 목사님이 제가 보내드리는 포도나 먹었지, 뭐
그런 걸 제대로 알겠습니까? 제가 일군 포도 농
장은 농장도 아니에요. 그냥 볼품없는 산비탈에
포도나무 몇 그루 심은, 그냥 밭에 불과합니다.
거 뭐 누구에게 자랑하고 말고 할 것도 없는 수준
이죠. 그리고 또 아까 우리 김진목 목사님이 저를
일컬어 젊은이들 못지않게 아직도 일선에서 일한
다고 하셨는데, 그것도 다 뺑입니다. 김 목사님이
평소 얼마나 저에게 무관심했는지 알 수 있는 대
목이죠. 제 나이가 올해 우리 나이로 일흔다섯입
니다. 젊은이들처럼 일하면 저 죽어요. 어디 늙은
이가 젊은이들 흉내를 냅니까, 흉내를 내긴. 그냥
일주일에 한두 번 밭에 나가서 잡초나 뽑고 전정
가위 들고 애꿎은 가지나 치고 하는 수준이죠. 나
머지는 그냥 집에서 기도하고 묵상하고 프로야구

중계나 보는, 그런 한심한 늙은이입니다.

그런데 또 맞는 말도 있긴 있습니다. 아까 저를 두고 참담한 고통과 고난을 겪었다고 하셨는데, 그 말씀은 일부 맞습니다. 오늘 여러분께 그 이야기를 좀 들려드릴까 합니다. 조금 지루하고 재미없더라도 늙은이의 옛날이야기라고 생각하면서 들어주시면 고맙겠습니다.

저는 아까 말씀드린 것처럼 우리 나이로 일흔 다섯, 1932년생입니다. 손이 귀한 집안에 외아들로 태어났죠. 저희 아버님은 일제 때 동경에 유학까지 갔다 온 인텔리였는데, 당시엔 보기 드물게 아주 합리적이고 이성적인 분이었습니다. 집에서도 저희 어머니에게 항상 높임말을 썼고, 일하는 아랫사람들에게도 매번 누구누구 씨, 누구누구 씨, 하며 경어를 쓰던 분이었습니다. 술도 드시지 않았고, 제사도 드리지 않던 분이었죠. 축음기 앞에 앉아 늘 책을 읽고 계시던 모습이 지금도 눈에 선합니다. 제가 사는 목양면 근처 광역시에 있는 한 지역신문사 창간에 관여했고, 그 신문사에서 편집국장까지 하다가 은퇴하신 분이죠. 기자 생활을 오래 하셔서 그런지 몰라도 눈에 보이는 사실만 믿는 분이었어요. 논리적으로 설명이 되는 것들만 이해하는, 좀 꽉 막힌 분이기도 했습니다. 반대로 저희 어머니는 목양면에서 가까운 상초리 분이었는데, 유서 깊은 초기 개신교 집안의 장녀로 태어난 분이었습니다. 저희 외조부님이 상초리 성문교회 초대 담임목사를 역임하셨고, 외숙부 두 분도 모두 목회자의 길을 걸으셨죠. 그런 외가의 전통 때문에 당연 저희 어머니도 우리 하나님 아버지의 계명대로, 성경을 진리 삼아, 주의 말씀을 좇아 생활하는 분이었습니다. 땅과 거기 충만한 것과 세계와 그 중에 거하는 자가 다 여호와의 것이로다. 저희 어머니에게 세계는 바로 그런 곳이었죠. 그런 아버지와 어머니 밑에서 태어난 자식이었으니, 제가 어떻게 자라났겠습니까? 농반진반으로 드리는 말씀이지만, 유사 이래로 이 아버지라는 분들은 자식 키우는 데 별 관심이 없는 사람들입니다. 이분들에게 관심은 오직 자기 자신들뿐이죠. 자기 눈에 보이는 것들만 진실이고, 자신에게 의미 있는 목소리에만 귀를 기울입니다. 실제로 이분들은 어머니들에 비해서 청각이 좀 떨어진다고 합니다. 그래서 아이들 우는 소리도 뒤늦게 듣고, 아이들이 옹알이를 하면 그냥 무조건 배가 고픈 줄 알고 젖병만 물리는 거죠. 여담이지만, 그래서 요즘 아버지들이 오디오 같은 것에 그렇게 헛돈을 들이는 겁니다. 그게 다 청각이 안 좋아서 그런 거예요. 자신들만 그걸 모를 뿐이지…… 아, 물론 저도 예외는 아닙니다. 벌써 10년째 보청기를 끼고 있으니까, 저도 다를 바 없는, 아니 더 귀가 안 들리는 아버지 맞습니다…….

저는 자연스럽게 어머니가 만들어놓은 울타리 안에서 자라나게 되었습니다. 어머니가 읽어주는 성경책으로 한글을 익혔고, 어머니가 불러주는 찬송가를 들으면서 잠들었죠. 거룩한 주일을 한번도 어기지 않았고, 하나님이 가르쳐주신 말씀에 따라, 인도해주시는 목사님의 말씀에 따라

세계를 바라보았습니다. 이 세계에 존재하는 모든 것 중 어느 것 하나 하나님의 섭리가 아닌 것이 없었고, 눈에 보이지 않는 성령이 늘 제 주위를 감싸고 있다고 믿었습니다. 하지만, 여러분. 이제 이 나이쯤 되다 보니 이렇게 고백할 수도 있는 거지만…… 전, 사실 하나님이 많이 무서웠습니다. 어머니가 읽어주시는 구약 속 하나님은 자식이 부모 말을 듣지 않으면 성읍의 모든 사람이 나와 돌로 쳐 죽이라 호통치는 분이셨고, 처녀가 아닌 여자가 결혼을 해서 들통이 나면 그 역시 집에서 끌어내어 돌로 쳐 죽이라고 명령하는 분이었습니다. 규율을 지키지 않거나 계명을 어기는 경우, 또 하나님을 부정하는 경우 역시 마찬가지였죠. 돌로 내리치고 물이나 불로 심판하는 하나님이시라니, 그 얼마나 무섭고 두려운 분입니까? 어린 저에게 하나님은, 세계는, 또 한편 그런 곳이기도 했습니다.

한번은 이런 일도 있었죠. 한국전쟁 때였는데요, 그땐 제가 고등학교에 다니고 있던 시절이었습니다. 아버지가 신문사 운영에 관여하고 있었고, 나름 지역 유지 역할도 하고 있었으니까, 우리 집도 당연 피란을 가지 않을 수가 없었습니다. 그땐 돈이 없고 백이 없는 사람들도 다 그렇게 피란을 갔습니다. 쌕쌕이라고, 북쪽이나 남쪽에서 날아오는 전투기들한테 언제 어느 때 폭격을 당할지 알 수 없었으니까요. 아버지 어머니와 함께 외숙부 일가가 이미 피신해 있던 오구산 옆 상미산 효미봉이라는 곳에 있는 어느 화전민 농가로 찾아 들어갔습니다. 하지만 지금 여러분들이 상상하시는 것처럼 피란 생활이 꼭 그렇게 나쁜 것만은 아니었습니다. 거기가 지금도 반딧불이가 나올 만큼 첩첩산중이고, 오지 중에 생 오지인 곳이에요. 전쟁이 나고 세상이 모두 뒤집혀도 찾아올 사람 한 명 없는, 낙엽송만 지천으로 심어진, 그런 곳이었습니다. 그러다 보니 무료한 것 빼곤 그렇게 어려운 게 없었어요. 식량도 보리쌀뿐이긴 했지만 외숙부께서 어느 정도 마련을 해두셨고, 멍석이 깔리고 지푸라기가 이곳저곳 삐죽 튀어나온 구들과 벽이었지만 우리 식구 따로 몸을 누일 방도 있었으니까 그만하면 피란 생활치곤 아주 고급이었던 거죠. 낮에는 어른들과 돌아가면서 장작을 구해 왔고, 밤에는 뺑 둘러앉아 기도를 하는, 그런 일상의 연속이었습니다.

그때 제가 맡았던 중요한 일 중 하나가 보름에 한 번꼴로 읍내 본정통에 나가 외숙부 집 부엌 뒤란에 있는 광에서 보리나 콩 같은 곡식을 짊어메고 돌아오는 것이었습니다. 남자 어른들은 눈에 띄면 안 되니까 저하고 중학교에 다니던 외사촌 형제들이 번갈아가면서 그 일을 하곤 했는데, 그 일이 제법 재미있었습니다. 아무래도 본정통에 나가면 다른 사람들 얼굴도 보고 세상 구경도 할 수 있고, 답답했던 마음에 조금 숨통이 트이는 것 같았으니까요. 그러니 철없는 마음에 그걸 기다렸던 거죠. 하늘에서 쌕쌕이가 날아다녀도, 그게 별로 무섭지 않던 그런 나이였습니다. 전쟁이란 게 묘하게 마음을 흥분시키기도 했고요.

그런데, 하루는 저희 어머님이 외사촌들 대신 저와 함께 갔다 오겠다고 길을 나서는 겁니다. 아무래도 제가 걱정되어서 그랬던 것 같은데, 그래서 좀 시무룩해져 길을 나선 게 사실입니다. 어머니와 함께 가면 다른 곳을 들르거나 구경할 수 없었으니까요. 본정통까지 나가서 집에만 숨어 있으려면 뭐 하러 나가나. 말은 안 했지만, 꼭 그런 마음이었습니다. 하지만 뭐 어쩌겠어요. 그저 하루 종일 외숙부 집에 숨어 있다가…… 여담이지만 우리 어머니가 그 집에 하루 종일 숨어서 뭘 했는지 아세요? 그 집 식기 닦고 아궁이 청소하고, 대청마루도 몇 번을 닦으시더라구요. 전쟁 때라서 내일 누가 이 집으로 숨어들어 올지, 언제 폭격으로 지붕이 내려앉을지 알 수 없었는데도, 그래도 그러시더라구요. 그래서 뭐 저도 어쩔 수 없이 계속 마당도 쓸고 괜스레 장롱이나 책상 서랍 같은 걸 열어보고 낮잠도 자고, 뭐 그게 전부였죠. 그러다가 밤이 되어 보리쌀 몇 말을 어깨에 이고, 어머니는 장 같은 것을 퍼서 단지에 이고, 그렇게 둘이 터덜터덜 걸어서 효미봉으로 돌아왔습니다. 그리고 그렇게 돌아오는 와중에…… 그걸 보게 된 겁니다…….

산길 초입 오르막길이었어요. 거기 길 왼편에 커다란 미루나무 한 그루가 서 있었는데, 그 나무 한가운데, 아침에는 보지 못했던 무언가가, 커다란 무언가가, 서늘한 달빛을 받은 채 대롱거리고 있는 모습이 눈에 들어왔던 겁니다. 어머니와 저는 그것을 보자마자 우뚝 그 자리에 멈춰 섰죠. 처음엔 그저 커다란 나뭇가지가 부러졌나 생각했는데, 그게 아니었습니다……. 그건 바로 누군가의 시체였죠. 키가 작달막한 남자의 시체였는데, 스스로 목을 맸는지, 아니면 이미 죽은 사람을 누군가 그렇게 매달아놓은 건지, 그건 알 수 없었습니다. 우리 쪽 군복이었는지 아니면 저쪽 군복이었는지, 군복을 입고 낡은 군화를 신은 모습만큼은 분명하게 눈에 들어왔죠.

어이구, 무서워라.

어머님은 그 시체를 보자마자 비명처럼 그렇게 말하곤 그 자리에 철퍼덕 주저앉아버렸습니다. 제가 옆에 있다는 것은 안중에도 없는 듯 그저 당신의 얼굴을 두 손으로 가린 채 그렇게 한참을 앉아 있기만 했습니다. 겁이 났던 건 저 역시도 마찬가지였죠. 죽어 있는 사람을, 그것도 나무에 매달려 있는 사람을 본 것은 그때가 처음이었으니까요. 저는 마치 혼이 나간 사람처럼 그 자리에 서서 남자의 낡은 군화를, 제 눈높이에 있는 뒷굽이 다 떨어져 나간 그 군화를, 멍하니 바라보기만 했습니다. 그 군화가 자꾸만 아래로 아래로, 지상으로 천천히 내려오고 있는 것만 같아 그 자리에서 한 발짝도 움직일 수가 없었죠. 어머니가 제 손을 끌고 뛰다시피 그곳을 벗어나지 않았다면, 저는 언제까지고 그렇게 멍하니 그 자리에 서 있었을지 모릅니다. 그만큼 대단한 충격이었죠. 어머니와 저는 그곳에서 한참을 벗어난 뒤에도 계속 걸음을 늦추지 않았습니다. 둘 다 약속이라도 한 듯 아무런 말도 하지 않았고, 서로 눈도 마주치지 않으려고 노력했죠. 처음엔 그게 다 충격과 무섬증 탓이라고 여겼는데, 지금 생각해보니 아마 그건 서로가 서로를 배려하려고 그랬던 것 같습니다. 그냥 나 혼자 헛것을 본 것뿐이다, 이야기하지 않으면 헛것에 지나지 않는다, 하는……

한데, 그날 일은 그게 전부가 아니었습니다. 그 날 밤, 어머니가 잠들어 있던 저를 흔들어서 깨우 더라, 이 말입니다. 새벽 세 시쯤 되었을까요, 어머니가 저를 데리고 방 밖으로 나와 조용한 목소 리로 말씀하셨죠. 아무래도 안 되겠다, 다시 거기 가야겠다, 그 사람, 우리가 묻어주자……. 저는 댓 바람에 싫다고 말했습니다. 우리가 왜 그렇게까 지 해야 하느냐, 그 사람이 무슨 죄를 지었는지도 모르지 않느냐, 괜히 그러다가 누군가에게 들키 기라도 하면 어쩌려고 그러시냐, 어머니를 설득 하려고 했습니다. 하지만 저희 어머님은 완강하 셨어요. 제가 계속 주저하자, 난생처음 저에게 화 를 내기까지 하셨습니다.

성경에 그렇게 말씀하시지 않았니! 시체를 나 무 위에 밤새도록 두지 말라고! 나무에 달린 자는 하나님께 저주를 받은 자이니 땅을 더럽히지 말 라고!

그날 밤, 저는 어머니와 함께 생면부지의 그 남 자를 땅에 묻어주었습니다. 미루나무 바로 옆 엉

경퀴가 많이 자란 풀밭에 야트막한 구덩이를 만들어서, 그곳에 무덤을 만들어주었습니다. 칠흑같은 어둠 때문에 그 남자의 얼굴을 제대로 볼 수 없었지만, 그런 게 무서웠던 것은 아니었습니다. 얼굴은 보이지 않고 몸은 아이처럼 가벼운 남자, 하루 종일 나무에 매달려 있던 사람, 하나님께 저주받은 죄인. 어머니와 저에겐 그것이 더 무서웠던 거지요. 처음 보는 시체보다도 하나님의 말씀, 성경의 말씀이 더 두려웠던 겁니다. 그 사람을 묻어주면서도 어머니와 저는 아무런 말도 하지 않았습니다. 다만, 먼동이 틀 무렵, 무덤을 다 만들고 나서 어머니와 함께 오랫동안 기도를 드렸던 기억은 납니다. 그때 어머니는 어땠는지 몰라도, 저는 그제야 조금 무섬증이 가시는 것을 느꼈습니다. 하나님은 한시도 나의 곁에서 한눈을 팔지 않는 분이시니, 내 모습을 다 보셨을 것이다, 기뻐하셨을 것이다, 그런 마음으로 기도를 드렸습니다.

사랑하는 대성교회 형제자매 여러분!

제가 지금은 포도 농사를 짓고 있지만, 사실 젊었을 땐 중학교 영어 선생이었습니다. 사범대를 나와서 우리 나이로 스물넷이 되는 해 처음 교단에 섰지요. 그리고 그 뒤로 20년 넘게 오직 교사로서만 일을 했습니다. 그땐 학생들을 가르치는 일을 천직으로 알았고, 그 외에 다른 길은 생각하지도, 욕심내지도 않았습니다. 교사를 하면서 결혼도 했고, 아이들도 사내아이 두 명, 여자아이한 명, 세 명이나 낳았습니다. 아내는 저보다 한살 아래인 같은 교회에 다니던 여동생이었는데, 자애롭고 인정 많은 하나님의 자녀였어요. 원래피아노를 잘 쳐서 서울에 있는 음대에 가려고 했지만, 그 시절엔 그게 쉬운 일이 아니었어요. 아내는 여고 졸업 후 계속 교회에서 봉사를 하다가스물셋이 되던 해 저와 결혼했습니다……. 지금생각해보면…… 그저 모든 게 다 꿈만 같던 시절의 일입니다. 그때나 지금이나 교사 월급이 박봉인 것은 마찬가지였지만, 저는 사실 그렇게 어렵지가 않았어요. 아버지가 마련해준 번듯한 집도있었고, 제 앞으로 된 땅도 꽤 있었습니다. 모두가 어렵고 힘들었던 시절인지라, 제가 가진 것이 더 커 보였죠. 하지만 그렇다고 맹세코 남 앞에서 교만을 부리거나 가진 것을 앞세운 적은 없었습니다. 십일조를 충실히 지켰고, 가난한 아이들도 외면하지 않았어요. 등록금을 대신 내준 제자들이 부지기수였고, 매일 도시락도 서너 개씩 싸가지고 출근하곤 했습니다.

아내도 저와 다를 바 없는 사람이었죠. 그땐 상이군경들이 동네마다 돌아다니면서 행패를 부리고 구걸을 일삼던 시절이었는데, 아내는 그 사람들을 단 한 번도 빈손으로 돌려보낸 적이 없었습니다. 그들이 돌아간 뒤에도 그들을 위해서 오랫동안 기도하는 사람이었죠. 저희 부부는 그게 당연하고, 저희에게 내려진 사명이라고 여겼습니다. 부족한 것 없이 복 받은 사람들이, 부족한 것 많은 시대를 살아가는 사명. 또 그렇게 우리 부부가 하나님의 규례에 어긋남 없이 살아야, 그래야 저희 아이들도 화를 입지 않고 복을 받을 거라고 생각했습니다. 고백하자면 그 두려움과 바람이 더 컸습니다. 그 두려움과 바람으로 어려운 사람들을 대했던 게 맞죠. 그리고 그 덕분인지 몰라도 우리 집 아이들은 별다른 병치레 없이, 흠결 없고 착실하게, 주님의 자녀로서 자라났습니다. 첫째 성한이와 둘째 재한이, 막내 희까지…… 모두 착한 아이들이었죠. 그렇게 꽃 같은 아이들이었는데…… 그렇게 모자람 없는 아이들이었는데…… 그만…… 제가 마흔일곱이 되던 해에…… 모든 게 다 무너져 내리고 말았습니다…….

잠깐만…… 잠깐만 쉬었다가 할까요?

괜찮습니다. 목이 좀 말라서 그래요. 늙으면 이렇게 입안이 쉽게 말라버린답니다. 몸에 있는 물기가 천천히 천천히 다 사라지고 있는 느낌입니다. 지금 옆에서 웃고 있는 김진목 목사님도 안 그런 척하지만 아마 마찬가지일 겁니다. 저분도 이제 일흔이 다 되었으니까요. 말이 나와서 하는 말이지만 사실, 우리 김진목 목사님은 사도 바울 같은 사람이지요. 남들도 다 원하는 서울 강남의 목사 자리도 마다하고 평생을 이 교회 저 교회 작은 개척교회만 찾아다니면서 목회를 한 사람입니다. 제가 오랫동안 그 모습을 옆에서 지켜봤어요. 누구보다 의롭고 신실한 목회자입니다. 주님께서, 우리 하나님 아버지께서, 그의 영혼을 굽어 살펴주실 것을 믿사옵나이다.

사실, 그때…… 우리 가족은 여기 옆에 계시는 김진목 목사님을 찾아가는 길이었습니다. 그땐 아직 김진목 전도사님이었죠. 그해 서울 소재 한 신학대에 입학한 첫째가 처음 고향에 내려온, 그 다음 날이기도 했습니다. 김진목 전도사님은 5년 가까이 우리와 같은 교회를 다니다가 그 무렵 지금 여기 대성교회와 가까운 가평군 상면에 있는 한 기도원으로 자리를 옮긴 몸이었어요. 제 첫째 아이가 신학대에 진학하는 데 많은 영향을 준 사람이 바로 김진목 전도사님이었습니다. 물론 둘째도 셋째도 김진목 전도사님을 많이 따랐고요. 우리 가족은 이미 편지를 통해서 김진목 전도사님이 기도원 근처 현리에 있는 한 고아원에서 주말마다 봉사한다는 소식을 전해 들어 알고 있었습니다. 몇 번 얼마 안 되는 후원금을 보내드린

적도 있었고요. 첫째 성한이와, 성한이 대학 동기들이 함께 김진목 전도사님을 찾아뵌다고 해서, 우리 가족 모두 동행하기로 한 길이었습니다. 공부를 곧잘 했던 둘째는 곧 있을 중간시험 걱정을 했지만, 이내 가족의 뜻을 따랐죠. 셋째는 마치 소풍을 가는 것처럼 마냥 들떠 있었고요…….

신탄진역에서 첫째 아이 대학 동기들을 만나 오전 11시 30분에 출발하는 무궁화호 기차를 탔습니다. 제 아내와 아이들이 마주 보고 앉았고, 그 앞뒤 좌석으로 성한이 대학 동기들이 앉았지요. 저는 좌석이 열차 통로 바로 앞쪽뿐이어서 혼자 거기 앉았습니다. 제 발치에는 아내가 새벽부터 싼 보따리가 놓여 있었어요. 찬합 층층마다 김밥과 삶은 달걀과 카스텔라가 가득 담겨 있는 보따리였죠. 고아원 아이들에게 나눠주려고 아내가 밤을 거의 새우다시피 해서 만든 음식이었습니다. 기차가 흔들릴 때마다, 제가 허리를 숙여 그것을 양손으로 꼭 붙잡았어요. 그때 기차는 지금과 달라서 무슨 발탄강아지마냥 얌전하게 가질 못했거든요. 그래서 가만히 앉아 있는 시간보다 허리를 숙이고 가는 시간이 더 길었습니다. 보따리를 손으로 잡을 때마다 따뜻한 온기가 손바닥으로 고스란히 퍼지곤 했는데, 그 느낌이 지금도 생생합니다. 날씨도 맑았어요. 창밖으론 때늦은 벚꽃 잎이 흩날렸고, 천변에 줄줄이 늘어서 있는 버드나무 가지들은 연초록색으로 빛났습니다. 막 모내기를 마친 논에선 왜가리가 한가롭게 거닐고 있었고요. 그 모습들이 한눈에 다 들어왔습니다.

사고가 난 것은 망우동 한 철도 건널목에서였어요.

정지 신호를 무시하고 내리막길을 달려온 유조차가 철도 건널목을 지나치고 있던 기차의 일곱 번째 칸 우측 창가를 그대로 들이받은 겁니다. 기차는 그대로 탈선했고, 형편없이 구겨졌지요. 이어서 두 차례 커다란 폭발과 함께 화재가 발생했습니다. 후에 안 사실이지만, 강북 소방서 관내의 소방차 스물한 대가 사건 현장에 도착했다고 하대요. 하지만 그건 사고가 발생한 지 30여 분이

지난 후의 일이었습니다. 사망자는 총 열아홉 명이었습니다. 아내와 딸, 그리고 성한이 대학 동기네 명은 2차 폭발 때 그 자리에서 사망했습니다. 첫째와 둘째는 전신에 3도 화상을 입고 병원에 입원했지만, 둘 다 의식은 없었어요. 저는…… 오른쪽 다리 발목에서부터 허벅지까지 길게 2도 화상을 입었지만, 그것 외에 다친 곳은 거의 없었습니다. 기차가 유조차와 충돌하기 직전, 저는 몸을 숙이고 있었어요. 철도 건널목을 건너는 바람에 보따리가 많이 흔들려서, 그것을 잡고 있느라 그랬습니다. 그 보따리가 제 몸을 막아준 거였죠……

둘째 재한이는 병원으로 옮긴 지 채 사흘이 못 돼 사망했고, 첫째 성한이는 이듬해 봄, 눈을 감았습니다. 총 아홉 차례 수술을 받았고, 최종적으론 패혈증으로 사망했죠. 여기 있는 우리 김진목 목사님이 아이들 장례를 도맡아서 치러주셨어요. 저는 그때 아무것도 할 수 없었습니다. 그저 멍하니, 정신을 놓은 사람처럼 앉아만 있었죠……

은혜로운 대성교회 성도 여러분.

저는 첫째 아이 장례를 치른 후, 모든 것을 정리하고 제 고향 오구산으로 들어갔습니다. 그곳에서 죽기로 결심한 것입니다. 그곳이 가족 모두가 묻혀 있는 곳이니, 그곳에서 죽으려고, 화상 입은 다리를 계속 긁으면서 절뚝절뚝, 그곳으로 걸어 들어간 겁니다.

그 산 중턱에 주저앉아 오랫동안 기도를 드렸습니다. 굵은 잣나무 가지에 주황색 나일론 끈을 올무 모양으로 매듭지어 걸은 후, 그것을 보면서, 두 눈을 부릅뜨고, 계속 기도를 드렸죠.

잔혹하신 하나님 아버지 보소서.

이제 다 되었나이까.

굽어서 나를 보소서. 침침한 골짜기와 흙구덩이에 무릎 꿇은 나를 보소서.

당신께서 완력으로 핍박하신 내가 이제 여기에서 끝을 보고자 하나이다.

이것이 주의 뜻입니까?

이것이 당신의 뜻이라면 그 뜻이 닿기 전에 내가 먼저 의지를 보이리다.

내 의지로 당신을 찾아가 그 이유를 물으리다.

저는 기도를 하다 말고 무릎을 펴고 다리를 긁기도 했습니다. 종아리가, 화상을 입은 종아리 주위가, 참을 수 없이 간지러웠습니다. 저는 바지를 걷고 진물이 흐르는 상처 옆을 계속 긁었습니다. 벌겋게 달궈진 기차 창틀에 닿아 생긴 오른쪽 다리의 화상은, 마치 뱀이 지나간 자리처럼 옴폭 파여 있었습니다. 여러 번 딱지가 생겼다 떨어져 나갔지만, 진물은 멈추지 않았어요. 저는 상처 주위에 단 한 번도 약을 바르지 않았습니다. 그것도 제 의지였으니까요. 긁어도 긁어도 계속 가려움이 멈추지 않아 한 뼘 정도 되는 나뭇가지를 주워 그것으로 계속 상처 주위를 찌르기도 했습니다. 그러자 진물과 함께 피가 섞여 나오더군요.

내가 언제 내 아이들과 내 아내만 생각했나이까.
내가 언제 가난한 아이들을 외면한 적 있나이까.

내가 그 아이들과 함께 울지 않았나이까.

내 아이들이 어떤 규례를 어겼나이까.

내 아이들이 무슨 큰 거짓을 말하고, 무슨 큰 과오를 저질렀나이까.

말해보소서.

이건 너무하지 않나이까.

한 명도, 한 명도 남겨놓지 않아야 했나이까?

정녕 그래야 했나이까?

내 아내와 내 아이들이 죽어갈 때 느꼈을 고통을 이제는 내가 느끼나이다.

얼마나 아팠을지, 얼마나 뜨거웠을지, 내가 온몸으로 느끼나이다.

아무 죄 없는 아이들의 고통을 내가 똑같이 느끼나이다.

저는 주변이 캄캄해질 때까지 계속 기도했습니다. 기도하는 중간중간 잣나무에 등을 기댄 채 멀거니 앉아 있기도 했어요. 어느 순간부턴 무릎도 꿇지 않고 그냥 나무에 기대앉은 채 기도했습니다. 그건 기도이긴 했지만, 또 기도가 아니기도 했어요. 밤이 되자 땅의 습기가 그대로 올라와 바지가 축축해졌지만, 저는 그냥 내버려두었습니다. 그나마 다리가 덜 간지러워 살 것 같았죠. 저는 미친 사람처럼 쉴 새 없이 중얼거리며 기도했고, 때때로 제 자신조차도 알 수 없는 소리를 지르기도 했습니다. 머릿속으론 계속 나일론 끈에 머리를 넣는 생각을 했어요. 허공에서 허우적거리는 저를 떠올리기도 했죠. 어릴 적 어머니와 함께 보았던 죽은 남자 모습이 언뜻언뜻 떠올랐습니다. 나무에 매달린 저주받은 사람. 나는 과연 며칠 동안이나 나무 위에 매달려 있게 될까? 얼마 동안이나 땅을 더럽히게 될까? 하지만 그런 건 아무 상관없었습니다. 성경 말씀도, 저주도 두렵지 않았어요. 하지만…… 그런데도 저는 쉽게 나일론 끈에 다가가지 못했습니다. 그저 잣나무에 기대앉아 중얼중얼 기도 아닌 기도를 했을 뿐이죠. 저는 아직 할 말이 많이 남아서, 억울해서, 그렇다고 생각했습니다.

그곳에 앉아 꼬박 이틀 밤을 새웠습니다. 4월이었지만, 새벽 산 공기는 너무너무 사나웠어요. 이가 저절로 딱딱거릴 만큼 춥고 시린 밤이었습니다. 저는 떨어진 잣나무 가지들을 긁어모아서 그것을 목까지 덮고 누워 있었어요. 밤에는 한숨도 자지 못했지만, 아침과 낮에는 저도 모르게 눈이 감겼죠. 언뜻언뜻 잠에서 깰 때마다 제일 먼저 나일론 끈이 커다랗게 눈에 들어왔지만, 저는 몸을 일으키지 않았어요. 목이 너무 말라서 잣나무 숲 옆 버려진 무덤가 근처에 있는 물웅덩이까지 엉금엉금 기어가 두 손으로 물을 퍼 마시기도 했습니다. 물은 미지근하고 탁했지만, 그런 건 신경 쓰지도 않았어요. 사흘째 되는 날 밤엔 참을 수 없이 허기가 몰려와서 저도 모르게 주위에 있는 잣나무 가지를 질겅질겅 계속 씹어댔습니다. 그러다가 동이 틀 무렵이 되어선 산비탈을 타고 내려가, 거기 비탈이 시작되는 곳에 있는 허름한 농가로 숨어들어 갔어요. 그 집 부엌 벽에 매달아놓은 시래기와 말린 미역을 정신없이 입에 쑤셔 넣었습니다. 그러고도 허기가 가시지 않아 소쿠리에 담겨 있던 감자와 말린 호박을 양팔 가득 훔쳐 들고 나왔죠. 그걸 들고 잣나무 숲으로 돌아올 때, 자꾸 감자 몇 알이 바닥에 떨어졌는데, 제가 그때마다 멈춰 서서 그것들을 하나하나 다 주웠어요. 손이 모자라 주머니에까지 쑤셔 넣고, 그러고 나서야 발걸음을 옮겼습니다.

그 감자들을 다 먹고, 닷새째 되는 날…… 저는 나일론 끈에 제 머리를 넣었습니다. 더 이상 기도도 하지 않았고, 화를 내지도 않았어요. 다리를 긁지도 않았고, 누군가를 원망하지도 않았습니다. 그냥 때가 된 것 같았습니다. 잣나무 가지 아래 커다란 돌무덤을 만들어, 그걸 밟고 올라가 목에 줄을 감은 거예요. 마음이 이상하게 차분해졌는데, 그런데도 눈물은 계속 흘렀습니다. 왈칵, 두려운 마음도 생기고, 누군가에게 잘못했다고 용서를 빌고 싶은 마음도 들었어요. 하지만, 하지만 그때마다 죽은 아내와 아이들의 얼굴이 떠올랐습니다. 죽는 게 두려워도…… 죽어야 할 것만 같은 마음…… 딱 그 마음이었습니다. 저는 아이처럼 엉엉 울면서 목에 감긴 나일론 끈을 자꾸 만져보았어요. 이제 한 걸음만 허공으로 내디디면, 그러면 모든 것이 다 끝이었습니다. 아무것도 발에 닿지 않으면, 그걸로 모든 게 끝이었죠……

한데, 바로 그 순간…… 햇빛이 잣나무 가지 사이사이로 환하게 내리비치던 그때, 다른 누군가의 음성을 듣게 된 겁니다. 나를 부르는 목소리…… 처음 듣는 목소리…… 그 부름이 제게 온 겁니다……

10. 하나님(????세, 무직)

으응, 나?

나도……?

무지한 말로 이치를 어둡게 하는 자가 누구냐. 너는 허리를 묶고 내가 묻는 것을 대답할지니라.

내가 땅의 기초를 놓을 때 네가 어디 있었느냐? 네가 알면 말해보아라. 누가 그 도량을 정했는지, 누가 그 줄을 그것의 위에 띄웠는지 네가 아느냐? 그 주초는 무엇 위에 세웠으며 그 모퉁

잇돌은 누가 놓았느냐? 그때에 새벽 별들이 함께 노래하며 하나님의 아들들이 다 기쁘게 소리 질렀느니라. 바다가 그 모태에서 터져 나올 때 문으로 그것을 가둔 자가 누구냐? 누가 폭우를 위하여 길을 내었으며 우레의 번개 길을 내었으며 사람 없는 땅에, 사람 없는 광야에 비를 내리고 황무하고 공허한 토지를 축축하게 하고 연한 풀이 나게 하였느냐? 비가 아비가 있느냐? 이슬 방울은 누가 낳았느냐? 네가 바다의 샘에 들어갔었느냐? 깊은 물 밑으로 걸어 다녀보았느냐? 사망의 문이 네게 나타났느냐? 사망의 그늘진 문을 네가 보았느냐? 땅의 너비를 네가 측량할 수 있느냐? 네가 그 모든 것들을 다 알거든 말할지니라.

뭐……?

내, 내 목소리가 뭐 어쨌다는 것이냐? 내 목소리는 원래 이러하거늘…… 말투가 뭐 어떻다고 그러느냐? 나는 3천 년 동안 계속 이 말투였느니

라. 말 좀 끊지 말고 계속 들어보아라.

가슴속의 지혜는 누가 준 것이냐? 수탉에게 슬기를 준 자는 누구냐? 누가 지혜로 구름의 수를 세겠느냐? 누가 하늘의 물주머니를 기울이겠느냐? 네가 사자를 위하여 먹이를 사냥하겠느냐? 젊은 사자의 식욕을 채우겠느냐? 그것들은 굴에 엎드리며 숲에 앉아 숨어 기다리느니라. 까마귀 새끼가 하나님을 향하여 부르짖으며 먹을 것이 없어서 허우적거릴 때 그것을 위하여 먹이를 마련하는 이가 누구냐?

무슨 소리냐? 나는 답변하는 이가 아니니라. 나는 질문하는 이니라. 태초부터 그랬고, 3천 년 동안 그랬고, 앞으로도 계속 그러할진대 왜 새삼스럽게 그러느냐. 제발 말 좀 끊지 말고 계속 듣기나 하라.

산 염소가 새끼 치는 때를 네가 아느냐? 암사슴이 새끼 낳는 것을 네가 본 적이 있느냐? 그것

이 몇 달 만에 만삭되는지 아느냐? 그 낳을 때를
아느냐……

모른다! 나도 모른다! 왜 불이 났는지, 무엇이
소파를 불태웠는지, 어떻게 불길이 치솟았는지,
내가 어찌 아느냐? 네가 지금 나를 트집 잡으려
하는 것이냐? 전능자와 다투려 하는 것이냐? 나
를 탓하려 하는 것이냐? 네가 내 공의를 부인하
려고 하는 것이냐? 네 의를 세우려고 나를 악하
다 하려는 것이냐? 나는 모든 교만한 자를 발견
하여 낮아지게 하며 악인을 그들의 처소에 짓밟
는 자이니라. 그러니, 잔말 말고, 이거 좋은 말이
니까 더 들어보아라.

말의 힘을 네가 주었느냐? 그 목에 흩날리는
갈기를 네가 입혔느냐? 네가 그것으로 메뚜기처
럼 뛰게 하였느냐? 그 위엄스러운 콧소리가 두려
우니라. 이제 소같이 풀을 먹는 하마를 볼지어다.
내가 너를 지은 것과 같이 그것도 지었느니라. 그
것의 힘은 허리에 있고, 그 뚝심은 배의 힘줄에

있고, 그것이 꼬리 치는 것은 백향목이 흔들리는 것 같고 그 넓적다리 힘줄은 서로 얽혀 있으며 그 뼈는 놋관 같고 그 뼈대는 쇠막대기 같으니……

에이씨, 진짜…… 왜 또! 뭐! 뭐가 또 문제냐! 뭐가 상관이 없다는 게냐? 네가 사물의 상관있고 상관없음의 차이를 진정 아느냐? 네가 이 세계의 관계를 누가 만드는지 아느냐? 무엇이 연결되어 있고, 무엇이 떨어져 있는지, 네가 안다고 말할 수 있느냐? 에이씨, 진짜……

최근직이 목을 매려는 순간, 누구의 목소리를 들었는지, 네가 아느냐? 그것이 나의 목소리 같더냐? 무슨 소리! 나는 그렇게 한가한 이가 아니니라. 나는 그때 최근직이 그곳에 있었는지 알지도 못했느니라. 그때 최근직을 부른 사람이 누구인 거 같더냐? 네가 그를 모른다고 할 수 있느냐? 그건 최요한의 모친, 손순녀가 아니더냐? 그때 최근직과 손순녀가 만난 것이 나의 의지 같더냐? 내가 최근직을 그렇게 죽음에서 구한 것 같더냐?

말도 안 되는 소리. 최근직은 손순녀를 만나기 이전부터 이미 살려고 했던 사람이니라. 네가 그것을 알더냐? 가족을 다 잃어도 제 목숨을 스스로 끊기 어려운 것이 사람이니라. 슬픈 것은 슬픈 것이요, 살고 싶은 것은 살고 싶은 것. 최근직은 자기 의지로 산 사람이니라.

네가 그 당시 손순녀가 어떤 처지였는지 아느냐? 상상이나 해보았느냐? 그녀는 폐병에 걸려 3년째 자리보전하고 누운 아비를 대신해 감자와 콩밭을 일구던 자이니라. 그녀의 모친은 10년 전에 아이를 낳다가 색전증으로 죽은 몸이고, 그때 태어난 아이 또한 보름을 살지 못하고 어미의 뒤를 따라갔느니라. 네가 그것을 아느냐? 잣나무 숲 주인에게 작은 잣 열매를 가마니로 떼어 와, 그것을 까주고 돈을 받으며 10년을 산 손순녀의 삶을 네가 아느냐? 최근직을 처음 만났을 때, 손순녀의 아비는 닷새째 식음을 전폐하고, 의식을 차리지 못하고 있던 몸이니라. 그 아비에게서 풍기던 지독한 냄새를 네가 맡아본 적이나 있더냐? 그 아비가 잘못될까봐, 그 아비의 죽음을 보는 것이 두려워, 손순녀는 집으로 들어가지 못하고 자꾸만 자꾸만 깊은 산으로 길을 잡은 자이니라. 떨리는 목소리로 이제 그만 제 아비의 목숨을 거둬달라고 내게 기도했던 자이니라. 하지만 정작 최근직을 처음 만나서 손순녀가 한 말이 무엇인지 네가 아느냐? 우리 아버지 죽어요! 우리 아버지 좀 어떻게 해줘요! 그게 첫 말이었느니라. 손순녀는 그 말을 하고 그 자리에 주저앉았느니라.

왜 최근직이 난생처음 보는 손순녀의 아비를 열흘 넘게 간호했는지, 네가 아느냐? 네가 알면 답해보아라. 왜 미음을 쑤어 그의 입으로 흘려 넣어주었는지, 왜 그의 똥오줌을 손수 다 치워주었는지, 왜 계속 의식을 차리지 못하는 그 아비 곁에서 날밤을 깠는지, 아니, 날밤을 지새웠는지, 네가 아느냐? 그게 그 아비 때문에 그런 거 같더냐? 그 아비를 살리기 위해서 그런 것 같더냐? 허면, 왜 손순녀의 아비가 숨을 거둔 후에도 최근직은 그 집을 떠나지 않은 것이더냐? 그게 정녕 나의 뜻인 거 같더냐? 내가 그를 그 집에 묶어둔 것 같더냐?

손순녀의 배 속에 아이가 들어선 것은 그로부터 6개월이 지나지 않았을 때였느니라. 네가 그것을 아느냐? 최근직의 첫째 아들이 병원에서 사경을 헤매다가 죽은 지 채 반년이 지나지 않아서, 손순녀의 배 속에 또 다른 그의 아들이, 최요한이, 잉태되었느니라. 네가 그것을 아느냐? 그 사실을 안 최근직의 머리에 무엇이 제일 먼저 떠올랐는지, 네가 아느냐? 새로 태어날 아이 앞에서 느낀 그의 수치심과 그의 고통이 지금도 내 귀에 들리는 것 같노라. 내 앞에 다시 무릎 꿇고 회개하고 싶어 하던 그의 마음을, 네가 이해할 수 있겠느냐? 죽은 아내와 죽은 아이들을 떠올리며 눈물 흘리며 밤을 지새우던 그의 시간을 네가 아느냐? 그는 그 시간들이 너무 고통스러워 내게 다시 무릎 꿇고 싶어 했느니라. 살아 있는 자신이, 죽은 가족을 또 한 번 죽인 것만 같아, 그 사실을 잊고 싶어서 나를 찾았느니라. 그것도 내가 시킨 것 같더냐?

최근직이 김진목 전도사를 찾아가 회개할 때, 우물쭈물 망설이다가 저도 모르게 하나님을 만났다고 거짓말을 한 것이, 그것이 내가 시킨 일 같더냐? 내가 만난 적 없는 자에게, 나를 만났다고 거짓말을 시킨 것 같더냐? 그건 나도, 최근직도, 미처 생각해보지 못한 말이었느니라. 최근직의 수치심이 순간적으로 만들어낸 거짓말이었느니라. 그렇게라도 최근직은 고통을, 모욕을 잊으려 했던 것이니라. 그것을 내가 만든 것 같더냐? 내가 뭘? 나는 아무것도 하지 않고 있었느니라.

왜 중요한 말을 하는데 제대로 듣지 않고 자꾸 딴청을 피우는 것이냐? 내가 지금 다 말해주었지 않았느냐?

뭐라고……?

뭐가 안 들린다고? 왜 내 말이 안 들린다고 하

는 것이냐? 내 목소리가 얼마나 큰데…….

이래도 안 들리냐?

이래도……?

이래도……?

너 혹시…… 너도 혹시 누군가의 아버지이더
냐?

11. 최근직(86세, 목양교회 장로)

최 목사가 죽던 날······.

사고가 있던 날······ 농협 조합장이 내게 전화를 걸어왔습디다. 그 사람은, 내가 농협 조합장으로 세워준 사람이었소. 평범한 단위농협 조합이사였던 그를, 온전히 내 힘으로 조합장까지 만들어주었지······ 그가 묻습디다. 장로님, 교회에 무슨 일이 있습니까? 최 목사님이 왜 갑자기 대출을 알아보시는 거죠? 나는 간단하게 말했습니다. 단 한 군데도 도장을 찍어주지 말라고, 아니 아예 미리 전화를 걸어 대출 자체가 안 된다고 말해주라고, 그렇게 시켰습니다. 그러곤 산책을 나간 것처럼 아무렇지도 않게 목양교회에 들렀죠. 평상시처럼 기도도 하고, 교회 사무실에 앉아 차도 마셨습니다. 최 목사의 얼굴도 봤지만, 아무 말도 하지 않았습니다. 화가 났지만, 간신히 모르는 척해버렸습니다. 그렇게 내 뜻이 아니게, 나와 상관없이 그를 주저앉히는 것이, 그것이 그를 위한 일이라고 생각했으니까요…… 이 모든 것이 다 그를 위한 것이라고…….

합선인지, 다른 이유 때문인지, 나는 잘 모르겠습니다. 나는 내 아들이 그랬다고는 생각하진 않습니다. 거기에도 어떤 다른 뜻이 있겠죠…… 다른 뜻이 있을 겁니다…….

한데, 내가 그걸 잘 모르겠습니다. 그게 어떤 다른 뜻인지…… 그걸 잘 모르겠어요…….

왜 아무 잘못 없는 사람들이 고통 받아야 하는 것인지…….

고통에 무슨 뜻이 있다는 건지…….

나는 잘 모르겠습니다.

12. 송만진(18세, 목양고등학교 2학년)

정말 승호 새끼가 그랬어요? 저 보고 가롯 유 다라구요……?

아, 새끼, 똑똑한데…… 어떻게 유다도 다 알지……? 다시 봤는데…….

그게 아니구요, 제 말씀은 지난번엔 승호가 들어가자고 했고, 또 그 전엔 창수가 그러자고 했고, 뭐 돌아가면서 그랬다는 뜻이죠. 셋이 모이면 꼭 한 놈은 차비도 없어서…….

싸우는 소리요? 네, 저도 들었죠. 그럼요, 제가 교회 교육관에서 제일 늦게 나왔는데…… 에이, 아니에요…… 그게 정확하게 말하면 어른끼리 싸우는 게 아니었구요, 목사님이 어떤 아이한테 하는 말이었어요. 너 또 그러면 네 엄마한테 다 말한다, 뭐 그런 말요. 네, 그랬다니까요. 아이 참, 그런데 그 꼬마가 아주 당돌하더라구요. 목사님이 계속 그렇게 말을 하는데도, 씨발, 목사님이 뭔데요, 목사님이 뭐 우리 아빠야, 우리 아빠냐고, 하면서 소리치는데……. 거 참, 아주 크게 될 아이 같더라구요. 네, 그랬다니깐요.

거, 아이 큰사람으로 만들려면 하루빨리 우리 동네에서 이사 가야 할 텐데…… 여기 있으면 그냥 닭 되는데…….

* 이 소설에 나오는 성경 본문은 대한성서공회 발행 『성경전서 개역 한글판』을 인용 및 참고했음을 밝힙니다.

이기호 (만 45세, 소설가)

꽤 오래전부터 「욥기」의 후속편을 쓰고 싶었어요.

젊었을 땐, 아무 죄 없이 죽어간 욥 자녀들의 마음으로 이야기를 이어 쓰고 싶었죠.

제가 읽은 구약 속 욥은, 자신의 자식들이 고통 속에서 죽은 뒤에도 여호와의 이름을 찬송하는, 이상한 아버지였어요. 하지만 정작 자신의 발바닥에 악창이 나자 그제야 비로소 하나님을 원망하고 저주하는 인물이었죠. 저는 이 아버지가 도통 이해되지 않았어요. 뭐, 이런 아버지가 다 있

나? 아버지가 진짜 아버지가 아닌, 뭐 군대에서
말하는 그 아버지 군번을 뜻하는 건가? 뭐 뭐, 자
기가 영조야? 아님, 뭐 대부代父인가? 자기가 뭐
돈 코를레오네야? 알파치노야? 계속 이런 기분이
었어요.

나이가 들어 아버지가 된 후에도 여러 번 「욥
기」를 읽었는데, 그때도 욥이 이해되지 않기는 마
찬가지였어요. 어쩜 이리 쉽게 굴복할까? 그리 기
세 좋게 하나님과 맞짱 뜨던 모습은 다 어디로 가
고, 하나님을 실제로 한 번 보고 나더니, 바로 회
개, 용서받고 축복받는 모습이 이해되지 않았죠.
아니, 뭐 조삼모사인가? 자기가 뭐 원숭이야? 자
식들이 뭐 도토리 세 개야? 도토리 네 개야? 그런
마음이 들었어요.

계속 그런 마음뿐이었다면, 아마도 이 이야기
는 나오지 않았겠죠. 지금은 좀 생각이 많아졌어
요. 조삼모사일 수도 있다. 자신의 발바닥에 난
악창이, 때론 어떤 슬픔의 도화선 같은 역할을 할

수도 있다. 누구도 쉽게 욥을 비난할 수는 없다, 논리적으로, 관습화된 서사적 플롯으로, 욥을 이해해선 안 된다……. 그런 마음이 조금씩 조금씩 쌓이기 시작한 거예요. 어쨌든 욥은 자식을 잃은 아버지이니까요. 그 마음을 안다고, 이해한다고, 누구도 함부로 말할 순 없는 거죠. 욥을 이해할 수 없는 마음으로, 이 이야기를 쓰기 시작했어요.

하나님은 뭐, 애초부터 관심 밖이었고요.

그나저나 이번 소설을 쓰면서 확실하게 깨달은 것이 하나 있다면, 더울 땐 불나는 이야기를 쓰면 안 된다는 것이었습니다. 38도까지 올라가던 한낮, 에어컨 없는 작업실에서 불난 건물 이야기를 쓰고 있자니, 가만히 의자에 앉아 있는데도 탈수 증상이 오는 것만 같더군요. 만약 이 소설이 마음에 들지 않는 분이 계신다면, 그건 작가가 더위를 먹어서 그런 거라고, 너그럽게 용서해주시길 바랍니다. 올여름은 그렇게 많이 더웠잖아요. 하나님은 뭐 그것도 관심 밖이셨겠지만.

소설에 나오는 최근직 장로의 어린 시절 에피소드는 예전에 읽은 유종호 선생님의 에세이 『회상기』에서 알게 모르게 영향 받았다는 것을 뒤늦게 깨달았고, 교회 조직에 관한 지식은 『현대문학』 편집부 윤희영 팀장님의 조언에 힘입은 바 컸다는 사실 역시 따로 밝혀둡니다.

2018년 8월

이기호

목양면 방화 사건 전말기

― 욥기 43장

지은이 이기호
펴낸이 김영정

초판 1쇄 펴낸날 2018년 8월 25일
초판 3쇄 펴낸날 2021년 5월 28일

펴낸곳 (주) **현대문학**
등록번호 제1-452호
주소 06532 서울시 서초구 신반포로 321(잠원동, 미래엔)
전화 02-2017-0280
팩스 02-516-5433
홈페이지 www.hdmh.co.kr

ⓒ 2018, 이기호

ISBN 978-89-7275-919-5 03810
       978-89-7275-889-1 (세트)

〈현대문학 핀 시리즈〉는 당대 한국 문학의 가장 현대적이면서도
첨예한 작가들을 선정, 월간 『현대문학』 지면에 선보이고 이것을
다시 단행본 발간으로 이어가는 프로젝트이다. 여기에 선보이는
단행본들은 개별 작품임과 동시에 여섯 명이 '한 시리즈'로 큐레
이션된 것이다. 현대문학은 이 시리즈의 진지함이 '핀'이라는 단
어의 섬세한 경쾌함과 아이러니하게 결합되기를 바란다.